신달자
감성 포토
에세이

문학사상

신달자
감성 포토
에세이

글 / 신달자
사진 / 최세운

안이 넓은 당신의 내면을 보세요
지금 이루어지고 있는 것을 보세요

'더 많이', '더 낫게'라는 말은 참 좋고 멋지다. 이 말에는 생기가 있다. 이 말에는 운동이 있다. 움직임이 있다. 계단을 올라서는 느낌이 있다. 마음이 하늘처럼 커지는 기분이 있다. 인생에서 진전이 있다는 것은, 새로움이 있다는 것은 얼마나 아름다운가. 봄날의 새순을 보라. 새순은 위를 향해 의욕적으로 뻗어간다. 뻗어나가는 일을 멈추지 않는다. 그리하여 숲과 산을 키우고, 숲과 산에 푸른빛을 보탠다. 숲과 산에 이익을 준다. '더 많이', '더 낫게'라는 말을 듣는 순간 우리는 샘솟는 의욕을 갖게 된다.

그러나 살면서 곤란이 없을 수 없다. 높은 언덕과도 같은 고비가 우리 앞에 여럿 있다. 심지어 그것들은 연속적으로 우리를 향해 몰아쳐 오기도 한다. 마치 벼락과 돌풍처럼. 그러나 넘어서지 못할 곤란 또한 없다. 우리는 이 인생의 바다를 건너가는 선박의 항해자이다. 때때로 높고 거센 파도와 마주서게 되지만 우리의 항해는 멈추지 않는다. 높고 거센 파도도 어느 날 아침에는 잠잠해진다. 어느 날 아침에는 바다도 호수처럼 온순해진다. 역경의 때가 있으면 순경의 때도 있는 것이다.

신달자 선생님의 산문집 《신달자 감성 포토 에세이》를 읽으면서 나는 나만 외로운 것이 아니고, 나만 고통 받는 것이 아니고, 나만 실패하는 것이 아니고, 나만 이별을 겪게 되는 것이 아니라는 것을 거듭 알게 되었다. 선생님은 "자신의 마음을 보세요"라고 간곡하게 말씀하신다. 자신의 내면이 얼마나 열정과 힘으로 가득 차 있는지를 보라고 권하신다. 꽃망울이 맺혀서 터지려는 것을 가까이에서 살펴보듯 자신의 내면의 맑고 밝음을 유심하게 보라는 것이다.

스스로 고요해지면 자신의 내면이 얼마나 큰 포용력과 이해심과 사랑의 면적을 갖고 있는지를 알게 될 것이다. 우리들의 내면이, 그 안쪽이 얼마나 넓은지 알게 될 것이다. 얼마나 큰 기쁨으로 가득 차 있는지를 알게 될 것이다. 빙하를 한번 떠올려 보라. 빙하는 전체 민물의 75%를 저장하고 있다고 한다. 두껍게 쌓여 물속에 잠긴 거대한 얼음덩어리는 우리가 갖고 있는 무한한 가능성의 은유처럼 보인다.

사랑의 감정을, 연애의 감정을 충분히 사용하라는 신달자 선생님의 조언에 전적으로 공감한다. "연애는 자기 나름의 기후를 만들어가면서 비도 맞고, 눈과 폭풍도 맞고, 활짝 피어나는 봄도 맞이하는 일"이라는 말씀에

공감한다. 연애를 할 때 마음속에서 일어나는 폭풍을 흔쾌히 받아들이라고 말하고 싶다. 사랑이 없는 가슴은 벽돌과 같다. 사랑을 아예 하지 않는 것보다는 사랑을 하는 것 때문에 고통 받는 것이 훨씬 낫다고 했다. 사랑을 함으로써 우리는 우리의 가슴이 얼마나 많은 색채와 광채를 갖고 있는지, 얼마나 화려하고 섬세한지를 알게 될 것이다.

내가 좋아하는 사진이 한 장 있다. 나는 이 사진을 통해 영혼의 청신함을 얻는다. 이 사진은 화가 마티스가 작업하는 모습을 포착해서 찍은 것이다. 아마도 연필로 드로잉을 하고 있는 것 같은데 마티스는 무슨 일인지 도화지로부터 멀리 떨어져 있다. 연필을 기다란 막대기에 묶은 다음 멀찌감치 떨어져서 드로잉을 하고 있다.

나는 이 사진을 보았을 때 묘한 흥분에 휩싸였다. 화가로서의 연륜 같은 것이 먼저 느껴졌다. 그리고 자기를 통제하고 제어하는 어떤 영적인 힘이 느껴졌다. 아마도 그것은 구현되고 있는 작품과 상상하는 내면 사이에 거리를 확보함으로써 완성이 되어가는 작품을 보다 객관적으로 보려는 의도가 있어 보였다. 아주 평온하고 온화하게 그림을 그리고 있는 컷이었지만, 그것을 자꾸 들여다볼수록 화가의 강렬한 예술혼이 느껴졌다. 냉철한 자기 관리 같은 것이 느껴졌다.

　신달자 선생님의 글들은 이 마티스의 사진 한 장을 떠올리게 한다. 우리에게 일어나는 좋거나 그렇지 못한 모든 일을 '있는 그대로' 바라보게 한다. 자신을 무한하게 긍정하되 동시에 객관적으로 바라보게 한다. 지금 이루어지고 있는 것을 직시하게 한다. 연탄과도 같은 따뜻한 온기를 갖고 바라보게 한다. 지금 여기에서 일어나는 일들을 사랑하도록 한다. 지금 여기에서 당장 행복하게 한다.

　신달자 선생님의 글들을 읽으면서 나는 마음이 회복되는 것을 실감했다. 마음이 다시 재기하는 것을 보았다.

아주 천천히
그리고
조심스럽게

이 책은 그때그때의 생각을 이야기 형식으로 풀어쓴 우리네 사람들의 이야기입니다. 그렇게 보면 이 책은 사람에 관한 이야기 모음집이라 할 수 있습니다. 아직은 갖지 못했지만, 행복을 찾으며 비틀비틀 걸어가는, 바로 우리의 이야기인 것입니다.

어쩌면 가까이에서 만날 수 있는 일상의 이야기라고 해도 좋습니다. 햇빛과 그늘과 빗방울과 바람과 눈을 맞으면서 걸어가는 우리의 이야기 말입니다. 가다가 사람도 만나고 봄도 겨울도 만나게 되는 그런 이야기.

우리의 이야기에는 미운 사람도 만나고, 좋은 사람도 만나게 됩니다. 곧장 잘 걸어갈 때도 있지만 작은 돌에 넘어질 때도 있습니다. 각자의 모습으로 다시 일어서는 사람도 만납니다.

그렇게 살아가면서 넘어지기도 하고 그러면서 다시 일어나는 것을 배우는 이야기입니다.

"나는 지금 어떻게 가고 있지?"

걸음을 잠시 멈추고 자신을 어루만지는 이야기입니다.

앞으로 나아갈 방향을 정하고, 어떻게 걸어가야 할지 고민하고, 만나는 사람과 어떤 인사를 나누고, 어떤 말을 할지 생각하는 소소한 이야기입니다.

나는 사람들에게 '마음'이 가장 소중합니다.
나는 사람들에게 '사랑'을 가장 믿습니다.
나는 사람들에게 '인생'을 가장 먼저 봅니다.
나는 사람들에게 '용기'를 정신이라 부릅니다.
나는 사람들에게 '생각'을 가장 요구합니다.

마음과 사랑과 인생과 용기와 생각을 서로 순환시키면 올바른 길 하나
가 보일 수 있을까요.

이 책의 어떤 페이지를 펴도 목마른 혀에 한 방울의 샘물 같은 친구가
되었으면 합니다. 그래서 이 책은 아주 천천히, 그리고 조심스럽게 다루어
졌으면 합니다.

언제나
소중한 당신에게
신달자

4장

아, 너를 만났다

5장

행복은 아무것도 갖지 않는다

1장

허공에 금을 긋는
마음처럼

겨울, 평행선을 달리다

'더 많이',
'더 낫게'가 주는 가르침

울컥!

마음의 건반에는 어쩌다가 진심이라는 것과 부딪치면서 울컥, 온몸에 저리게 퍼지는 순간이 있다. 소리 없는 건반은 그 울림이 깊다.

진심이란 무엇인가. 우리 마음에 미세먼지처럼 있는 듯 없는 듯 쌓여 있는 감정들. 그 감정의 내부는 소통되지 못한 답답함과 그에 따른 서러움의 온갖 막막함들인데 그 속으로 더 들어가면 소외감으로 밀려난 자기애가 풀리지 않은 채 응고되어 있다.

결코 밖으로 표출되지 않은 그 실체들은 이름표 없이

무명으로 마음속을 떠돌아다니다가 예술의 다양한 모습의 장면에서 인연을 만나듯 오래 잊고 있었던 슬픔이 툭 튀어나오기도 한다.

울컥! 물론 예술이라고 따로 생각할 필요가 없다. 감동적인 영화나 그림이나 시에서 뿐만 아니라 어쩌다 만난 사람과의 대화 속에서도 그것은 문득 터지는 경우가 있다.

울컥! 하는 감정도발의 표현은 그래서 언제 어디서든 일어날 수 있는 것이다. 남달리 조금 더 슬픈 사람도 있겠지만 누구라도, 예를 들어 우리가 보기에 자신의 소망을 다 이룬 것 같은, 인간적인 복을 많이 타고나 별 노력 없이 잘 살고 있는 것처럼 보이고 실제로 사회적으로 대접을 받는 사람들에게도 이 '울컥!'은 다 관련이 있다. 말하자면 누구에게나 이 감정적 울컥은 생명이 있는 자의 그늘이기도 하고 햇빛이기도 하다.

인간에게 당연히 있는 이 울컥이 가진 수만 가지의 서러운 비애감과 비통함은 피할 수 없는 감정이어서 서점에는 이 감정을 해결하기 위한 위안서가 수두룩하다. 그러나 그 감정은 인간에게서 사라지지 않고, 그 감정과 영원히 친해질 수 없는 단절감으로 스스로 목숨을 끊는 사람들도 줄을 잇는 것이다.

그런 비통함을 물리치기 위해서는 그 비애감과 친해질 수 있는 내면의 힘이 필요하다. 그 내면의 힘을 찾지 못하는 것이 우리가 고민하는 삶의 문제인 것이다.

요즘 스타 과목이 된 인문학은 사람이 '즐거움'을 찾아내는 길의 방향을 제시해 준다. 즐거움의 메뉴는 너무 다양해서 자신의 입맛에 맞는 것이 이 세상 이 시대에는 얼마든지 있다. 그러나 비애의 병자들은 이 맛을 찾을 수 있다고 믿으면서도 그쪽으로 가지 않고, 바로 앞에 있는 즐거움조차 자신의 손으로 잡지 않는다.

가지 않고 자기 손으로 들어 올리지 않은 것은 '없다'로 규정된다. 진정한 비애와 비통은 여기에 존재하는 것이다.

즐거움은 단지 통증이 없는 상태가 아니라 다양한 방식과 강도로 느껴지는 긍정적인 감정의 연속이라고 동물 행동연구자 조너선 밸컴은 말했다. 인간만이 자신의 비통함의 통증을 즐거움으로 변화시킬 수 있다고 나는 생각한다.

통증을 주의 깊게 관찰하면 그것은 즐거움의 관찰이 되는 것이 아니겠는가. 사실 동물들은 즐거움을 만끽하게 되어 있다. 사람만이 그것을 거스르는 것이다. 하늘의 새들을 보라. 교통사고가 없다. 땅에는 지지리도 많은 사고가 있다. 질서를 벗어났기 때문이다.

자신이 가야 할 길이 길이다. 자신의 길이 명확하지가 않으면 옆을 돌아보게 된다. 뒤도 돌아보게 된다. 자신의 길이 불안하고 미덥지가 않다. 그러니 슬며시 남의 길로 가려고 몸을 튼다. 이유도 정확하게 모르면서 말이다.

누구나 자신에게 확신이 없으므로 가는 속도가 흐지부지하다. 자신의 마음속에 이미 길이 있는 사람은 자신감으로 이어진다. 내가 가는 길이 남이 혹시 경멸하는 길은 아닌지, 잘못 판단한 길은 아닌지, 이 길로 가다가 넘어지거나 손해 보는 건 아닌지. 그렇게 의심을 하다 정말 넘어지거나 손해 보는 일이 많이 있다.

내가 어디에 있는지, 무엇을 그리워하는지, 무엇을 좋아하는지, 어떨 때 화가 나는지, 어디로 가고 싶은지, 무엇을 할 때 가장 즐거운지, 자신을 먼저 알아야 한다.

자신을 이해하는 사람은 속도가 문제가 아니다. 확신이 서 있는 사람은 표정이 다르다. 옆을 보거나 뒤를 보거나 하는 시간을 줄이고 자신의 진정성에만 귀를 기울이면 된다. 그런 사람은 넘어지거나 길을 잃어도 흔들리지 않는다. 그게 자신에 대한 이해다.

이해는 영어로 언더스탠딩이다. 상대방은 물론 아래에서 자신을 바라볼 수 있어야 한다. 가장 낮은 곳에서 자신을 정확하게 이해할 수 있을 때 길은 생기는 것이 아닐까.

자신을 보아라. 머리를 보고 몸을 보아라. 마음에 들지 않는가? 그러면 그 안의 내면, 즉 마음을 보아라. 마음은 보이지는 않지만 그래도 쓸모 있는 것이 보일 것이다. 누구나 마음의 바탕은 선하며 무엇인가 이루고 싶은 욕구가 있지 않겠는가. 마음이 하고 싶은 것을 들어주려고 마음을 먹어라. 단단히 먹어라. 왜 우리나라에서 마음을 먹는다고 하는지 아는가? 마음은 잘 보이지 않아서 통째로 마음을 먹으면 어떤 힘이 솟아난다고 생각하기 때문이다. 그래서 마음을 단단히 먹으라고 말하지 않는가. 그래도 안 되면 마음을 고쳐먹으라고 하지 않는

가. 마음이 곧 길이며 목표인 것이다.

20대에도 30대에도 나는 마음먹고 산 적이 많았다. 먹을 것이 없어서 마음이라도 먹지 않으면 하루 한 시간도 살 수가 없었다. 하늘이 노랗다고 한 사람이 누구인지 모르겠지만 실제로 그랬다. 하늘이 노오란 적이 많았다. 그럴 때 나는 마음을 먹었다.

마음이 무슨 맛이냐고? 지독하게 쓰고 한량없이 질겼지만 결국 마음은 내 생의 배 속을 따뜻하게 해 주었다. 믿지 않겠지만 마음을 여러 번 먹으면 배가 불러 온다.

그래서 힘이 나면 내 능력으로 불가능한 것들을 들어 올리기 시작했다. 도저히 할 수 없었던 일을 할 수 있었다. 사는 일은 때로 모욕을 견디는 일도 있는 법이다. 그럴 때 마음을 더 많이 먹게 된다. 그게 사람의 힘이라는 것이다. 마음을 먹으면 기적도 일으킬 수 있다. 마음은 열정이고 힘이며, 자신을 넘을 수 있는 도전이기 때문이다.

사람들을 만난다. 20대들과 밥을 먹다가 그 20대가 말한다.

"이렇게 노는 것도 앞으로 10년이에요. 결혼하고 아이 낳고 하면 편하지 않을 거예요."

30대들과 대화를 하다가 30대들이 말한다.

"이렇게 노는 것도 앞으로 10년밖에 없어요. 40대가 되면 불안할 거예요."

40대들과 마주했다. 잡다한 이야기를 나눈 끝에 40대가 말한다.

"이렇게 노는 것도 앞으로 10년이에요."

50대들에게 강의를 끝내고 잠깐 차를 마시는 시간에 50대가 말한다.

"이렇게 노는 것도 앞으로 10년이에요."

60대들과 만났다. 그 60대가 말한다.

"이렇게 노는 것도 앞으로 10년이에요."

70대들은 내 친구들이다. 그 친구들과의 모임 끝에 70대들이 말한다.

"이렇게 만나는 것도 얘들아 딱 10년일 거야."

맞아, 맞아 하는 후렴이 딸려 나온다. 고개까지 끄덕이며 멀리 창을 내다보는 친구도 있다. 대학 시절 바로 그 얼굴들인데 세월의 흔적은 더 놀아도 할 말이 없을

것 같다. 말도 줄었고 먹는 것도 줄었다. 대학 때는 '질 보다 양, 남이 먹던 것도 좋다'가 우리가 외치는 말이었다. 그러나 이제는 그런 열정이 잘 보이지 않는다. 10년 후의 불안을 잘 받아들이려는 노력은 보인다. 무릎 수술한 친구도 몇 있다. 그들은 걸음이 편치 않다. 그래서 혼자 다니기가 불안하다. 앞으로 그런 불안과 잘 친해질 수 있을까.

그렇다면 10년은 무엇일까. 왜? 모두 10년이라고 말하는가. 그것은 가능성의 10년이다. 지금 모두 놀고 있는 것은 아니지만 10년 후의 변화에 대해 다정한 의심으로 바라보고 있는 것이다. 10년의 기간은 소망의 기간이다. 지금보다는 내가 생각하는 일들이 왕성하게 되리라는 기대 또한 지울 수 없다. 그러니 지금은 이렇게 웃고 있어도, 어쩌면 10년 후에는 이런 만남을 가질 수 없을지도 모른다는 시각으로 10년 후를 바라보는 것이다.

가능성의 10년은 불안한 현재로 생각할 수 있다. 누구나 현재는 마음에 들지 않는다. 그러니 앞으로 10년은 노는 것이 아니라 노력하고 이루고 오르는 기간으로 스스로 설정해 놓아야 한다. 10년은 불안이면서 즐거움이다. 확신은 아니어서 지금 현재를 '논다'라고 표현한다. 누구에게나 앞으로의 10년을 위해 오늘을 사는지도 모른다.

10년, 다시 10년, 그다음 다시 10년. 그것이 우리들의 생이다.

그런데 왜 60대도 70대도 10년인가. 그것은 지금의 현재만을 믿는 불안한 세월로 직감하기 때문이다. 아프지는 않을까, 헤어지지는 않을까, 죽지는 않을까. 그러니 지금의 이 '노는' 시간은 믿음의 시간이다. 시간에 대한 사랑이다.

사람의 에너지는 저축이 없다. 그래서 매일매일 밥을 먹고, 매일매일 운동을 하는 것이다. 사랑도 그렇다. 사랑도 매일매일의 노력 없이는 불가능하다. 시간에 대한 사랑이 더 그렇다.

시간을 예약할 수 없다는 불안이 현재에 집착하게 하는 것이다.

그러나 시간의 집착도 모든 집착처럼 무능이다. 현재의 집착이 아니라 현재의 시간과 잘 사귀어야 한다.

현재의 시간과의 연애가 없다면 10년 후에도 시간과

현실과의 사랑은 없을 것이다.

누구나 오늘 해야 할 일을 다음으로 미루고 있기 때문에, 오늘은 아니지만 10년 후에는 가능하지 않을까 하고 생각하는 것이다. 젊은이들은 무엇보다 10년 후에는 내 의지대로가 아니라 누군가 나를 다스리는 힘 있는 자의 그늘에 있을 것이라는 두려움을 가지고 있다. 그래서

지금은 밤새워 술을 마시며 놀고 있어도, 사실은 10년
후를 고민하고 있는 것이다.

　그렇다면 모든 시간은 걱정하고 고뇌하고 갈등을 겪
는 시간일 수 있다. 그 갈등의 고민을 이기는 방법은 무
엇인가. 바로 진심을 다해 최선을 다하는 일이다. 아주
시시하고 보잘것없는 일부터 그렇게 해야 한다.

누구에게나 내일은 없다. 누구에게나 '바로 지금'밖에 없는 것이다. 그래서 '바로 지금'의 기분을 나쁘고 아쉽게 보내면 그런 시간들로 내 생이 기록될 것이다. '바로 지금'은 그래서 무서운 시간이며 무서운 현실인 것이다.

우리 집 앞 작은 사거리에서 붕어빵을 파는 서른 살 먹은 총각은 매우 긍정적이다. 세 번 직장을 옮기다가 결국 혼자 힘으로 이룬 사업이 붕어빵 장사다. 작은 사거리지만 목이 좋은 곳이다. 오가는 사람이 많아 요즘같이 추운 날에는 언제나 그 앞에 사람들이 서 있다.

내가 붕어빵을 사면서 물었다. 붕어빵에는 붕어가 없다는데 사람들이 좋아해요, 하고 응원하고 싶은 마음으로 농을 건넸더니 총각이 말했다.

"붕어빵에는 제 진심이 들어 있어요."

나는 기대하지 않았던 말을 듣고 따뜻한 체온이 느껴졌다. 붕어빵 봉지를 가슴에 안고 집으로 돌아가면서 왠지 붕어빵 이상을 더 얻은 기분이 들었다. 사람들의 손에 따뜻한 붕어빵을 내밀면서 그는 서른 살의 나이에 어울리지 않는 넓은 마음과 자신의 진심을 함께 나누고 있었다.

누구나 성공했다고 바라보지 않는 그의 얼굴이 언제나 웃음으로 가득해 있는 불합리한 의문 속에 우리들의 삶이 존재하는 것은 아닐까.

그 총각은 더 높고, 더 멀리 가고 싶었다. 그렇다. 낮은 계단 같은 것은 밟지 않고 열 계단 스무 계단을 단숨에 뛰어오르고 싶었다. 그러나 그는 지금 세상의 가장 낮은 계단을 진심을 가지고 사랑하면서 서서히 높은 계단으로 올라가고 있는 중이다.

그래서 그의 얼굴은 두렵지도 불안하지도 않고, 덤으로 밝고 환한 웃음을 주는 수서 사거리의 희망 같은 꽃이다. 나는 2천 원을 주고 붕어빵 몇 개를 사서 경비아저씨와 나누어 먹었다. 경비가 말했다.

"총각 붕어빵 속에는 처녀가 들어 있대요."

늘 웃는 그 붕어빵 총각은 여러 사람을 웃게 만들었다. 지나가는 구름도 한바탕 웃고 사라지고 있었다.

가톨릭에는 마지스라는 용어가 있다. '더 많이', '더

29

낮게'라는 뜻이다. 나는 이 마지스 정신을 좋아한다. 나이에 관계없이 이 마지스는 우리들을 좀 더 부지런하게 만들고 의욕을 부추긴다.

이 두 가지 뜻은 여러 가지 의미를 지니고 있는데 더 많은 노력은 품질을 좋게 하고, 더 많은 봉사와 희생은 자신의 가치를 더 좋게 만든다는 뜻이다.

이것을 평범한 사고로 풀이하면 '내가 하는 것만큼 내가 좋아진다'라는 평범한 말이 숨어 있다. 그러나 젊은이들에게 이 같은 평범한 말이야말로 자기 성장의 자본이 되는 것이다.

자본은 눈에 보이지 않는 마음 곧 정신에서부터 시작한다. 이것이 바로 자본이다. 소위 밑천이라고 하지 않는가.

"그대 자신이 바로 자본이다."

이런 말을 자주 들었다. 화가 났다. 내가 도대체 무슨 자본이란 말이야, 당장 짜장면 한 그릇도 안 되는 나를. 이런 사람은 늘 부모를 잘 만나 기본 자금이 있는 사람들을 부러워하면서 자금이 없는 스스로의 처지를 멸시하고 원망한다. 이런 생각 자체가 자신을 스스로 멸시하는 일이며, 스스로 곤경에 처하는 일이다.

더 많이 더 낫게 하려는 의지가 없을 때 이런 말을 하지 않는가. 정신적인 자본금이 아예 거덜 나거나 구걸할 자세조차 되어 있지 않은 사람들이 자본 타령을 하는 것이다.

가장 낮은 계단을 밟지 않고 어떻게 높은 계단으로 오를 수 있겠는가. 이런 생각이 곧 자본이라고 생각해야 한다.

가장 낮은 계단을 밟고 있는가. 그래서 아득한가. 시간은 빨리 지나가는데 그래서 미칠 듯 마음이 급한가. 그렇다면 그 낮은 계단에 더 오래 머물러 보아야 한다. 그러면 그 계단의 의미가 몸 안에 배어들 것이다. 그렇게만 된다면 그는 가장 높은 계단으로 오를 수 있는 티켓을 손에 쥔 자가 될 것이다. 바로 당신의 10년이 그렇게 시작되는 것이다. 그렇지 않은가? 이런 감동의 순간에도 나는 '울컥'한다. 기분 좋은 울컥이다.

가을, 혼자 가는 길

진심은
얼지 않는다

한국인들은 누구나 내성적인 성격이라고 한다. 울컥! 하고 싶은 말이 마음 밑바닥에서 부풀어 오르고 있는데도 꾹 누른 채로 한마디 말도 못하고 결국 꿀꺽 삼키고 마는 것이다.

이런 한국인의 성격은 스스로 '외롭다'라고 생각하는 사실과 이어져 있다. 통계를 보면 외롭다고 생각하는 사람이 거의 95퍼센트가 넘는다는 발표를 본 적도 있다. 하기야 외롭다고 생각하는 것이 반드시 말을 못해서 일어나는 현상은 아니지만, 생명을 이루고 있는 절대함량인 외로움에서 말은 유독 중요하다. 다시 말해 그 본질

적인 외로움은 말만 잘 터놓아도 외로움에서 벗어나는
데 효과적이다.

말의 남발은 또 다른 외로움을 가지고 오지만, 하고
싶은 말을 제대로 사용하지 못하고 '진심은 꿀꺽, 화는
토하는' 대화법은 결국 외로움을 자초하는 일이다.

'나쁜 말은 쏟아 내고 좋은 말은 꿀꺽 삼킬 때' 우리는
울컥하지 않던가. 결국 관계 개선에 아무런 도움을 받지
못하고 자신도 괴롭지 않은가.

일본에서 요즘 짭짤하게 수입이 좋은 것 중에 하나가
상담이다. 전화 상담인데, 말이 상담이지 말을 들어 주
는 역할이라고 해야 옳다.

전화를 건다, 받는다, 전화를 건 사람이 이 말 저 말 마
구 쏟아 놓는다. 울분도 격정도 치밀어 오르는 분노도
쏟아 놓는다. 미운 사람 욕을 격정적으로 하는 사람도
있다.

남을 헐뜯어도 된다. 마음 밑바닥에 부글거리는 것을
마구 쏟아 내는 것도 다 양해가 된다. 또 있다. 말없이 그
냥 우는 사람도 있다. 엉 엉 엉, 곡을 하는 사람도 있다.
전화를 받는 사람은 네, 그러셨군요, 마음이 아팠겠네

요, 아이고! 어쩌지요, 조금 진정이 되시는지요 등등 말
을 이어 주는 역할이다.

그렇게 시간은 훅훅 지나간다. 그리고 전화한 시간만
큼 돈을 지불하게 된다. 말하자면 유료로 울분을 토하는
것이다. 10분에 우리나라 돈으로 만 원쯤이란다. 괜찮은
가?

그대도 하고 싶은가? 그대도 그렇게 누구인지도 모르
는 신원이 불투명한 상대에게 자신의 마음 밑바닥에 있
는 진심을 쏟아 내고 싶은가? 10분이면 되겠는가, 모자
라는가? 60분은 필요한가? 그러면 울음과 분노와 격정
을 다 제거할 수 있겠는가?

이 상담연구소의 제목은 이렇게 되어 있다고 한다.

'죽을 만큼 외로우면 전화하세요.'

그대는 어떤가? 죽을 만큼 외로운가? 아닌가? 그저
참을 만한 외로움인가? 그런데 모르는 사람이 아니고,
유료도 아니고, 이름을 알고, 얼굴을 알고, 누구인지도
아는 사람에게 이런 외로운 마음의 진실을 말하면 안 되
겠는가? 아버지? 어머니? 아니면 형제? 친구? 스승? 동
료? 그것도 아니면 기억하고 있는 이름 중에 그러면 내

말을 들어 줄 수 있겠다고 생각되는 사람을 찾는 것은 어떤가? 다 부질없고 다 현실화하기 어려운 것들인가. 그래, 다 어렵고 생각하기도 싫은 것들이다.

그나마 아주 조금 마음을 터놓고 싶은 사람이 있다고 해도, 그 상대의 태도를 생각하면 마음을 닫아 버리기 일쑤이다.

요즘 젊은이들 말로 하면 '쪽 팔리는 일'이지 않겠는가. 왜 그런 일을 해? 하고 그대들도 되물을 것이다.

내게도 가끔 전화가 걸려 온다. 늦은 밤에도 전화가 울린다. 내 목소리만 들어도 상처가 조금은 가실 것 같다고 하는 여자의 전화를 끊을 수는 없다. 남편이 중환자실에 2년째 입원해 있다는 뭐 그런 이야기의 줄거리는 늘 같다. 아니면 아들이, 딸이 우울증에 걸려 영 말이 없다는, 그리고 아들이 면허증도 없이 아버지 자동차를 몰다가 사고를 내 벌써 세 번째 돈을 물어 주었다는 이야기. 이런 황당한 이야기도 해 온다. 애인의 마음이 변했다, 다른 여자를 사랑하고 있는 것 같다, 그 인간을 죽여 버리고 싶다는 공포스러운 이야기도 있다.

사실 따지고 보면 이런 어두침침한 이야기들은 누구에게나 조금씩 있다. 내 답은 너무 평범하다. "조금만 더 참아라" 아니면 "누구나 다 그런 절망이 있죠" 같은 것이다. '어쩌겠니', 그 말 하나밖에 내가 들려 줄 말은 없다. 너무 힘들다는 이유로, 울고 싶다는 이유로 전화를 걸어오면 나는 위로도 하지만 싫기도 하다. 어쩔 수 없이 내 기억을 떠올리게 되니까. 그러나 친절하게 어루만져 주는 게 내 역할인 것이다.

가능한 그들이 내 목소리를 듣고 위로를 받아 마음이

한결 가벼워진다고 하자. 10분일까, 아니 5분쯤 될까. 그러나 역시 그들은 현실에 놓여진다. 버리지도 못하고 들 수도 없는 현실 말이다. 나도 그것이 가슴 아파, 그들이 진심으로 한 걸음 나가면 마음이 가벼워지고 햇살이 목에 감기듯이 행복으로 다가왔으면 한다. 그런데 그들은 이미 축 기울어지고 피가 다 마른 듯하다. 울컥! 울컥! 나도 수없이 지나온 분노와 울분과 설움이 간질간질해진다.

나도 젊은 시절, 속 터지는 날이 많았다. 아마도 산문집이 많은 핑계를 대자면 이런 속 터지는 일 때문이라고 할 수 있다. 그러나 글도 글이지만 사람이 그리웠다. 속이 터져 죽을 것 같았는데 그 속을 쏟아 낼 대상이 없었다. 친구도 아니고, 스승도 아니고, 이 사람? 저 사람? 하다가 어느 소설가를 기억해 냈었다. 그 사람을 찾아가면 내 말을 잘 들어 줄 것 같았다. 부끄러움, 수치심 없이도 섞어 가는 내 속내를 쏟아 낼 수 있을 것 같았다.

안이 상해 있는 사람이 나 혼자만은 아니라는 생각이 내 부끄러움을 조금은 덜어 주었다. 안이 푹푹 썩어 있는 사람이 많다는 것을 나는 알아. 옷으로 화장으로 마

음을 가린 저 거리에 있는 사람들을 봐! 모두 일거야. 나
는 스스로 위로받기 위해서 늘 그렇게 생각했다. 그 사
람을 찾아가고 싶었다.

그런 대상이 정해지자 나는 마음이 조금 홀가분해졌
다. 어느 때라도 가면 된다. 그는 날 반가이 맞아 줄 것이
다. 나는 그에게 할 말을 연습하기도 했다. 너무 심한 감
정을 덜어 내고 조금은 이지적으로 이성적으로. 아니야,
마음껏 다 쏟아 버리지 뭐……. 나는 입을 열어 말하고,
그는 나를 토닥거리겠지. 나는 그런 생각으로 위안을 받
았지만, 그를 찾아가지는 않았다.

늘 미루었다. 여름이 가고 가을이 가고 겨울이 가고
봄이 오고 있었다. 그러나 나는 내 마음에 그를 몇 번이
나 찾아갔었다. 마음으로 오랜 대화를 나눴고, 함께 울
었고 함께 웃었다.

나는 영영 그를 찾아가지는 않았고 그사이 마음이 변
했다. 그리고 지금은 찾아가지 않은 것을 다행이라고 생
각한다. 그러나 찾아갔다 해도 나쁠 일은 아니다. 사람
은 그렇게 존경과 마음이 가는 친숙한 사람을 찾아갈 마
음의 준비만으로도 조금은 위로가 되기 때문이다.

나탈리 골드버그의 저서 중에서 《뼛속까지 내려가 자기 마음의 외침을 들어라》는 책이 있다. 평범한 여자였던 나탈리는 글쓰기에 대한 글을 써 백만 부를 팔았고 전 세계 9개국어로 번역되었다.

선禪을 하는 여자였는데 늘 글쓰기에 대한 목마름을 가지고 있었다. 그러나 어떤 행동도 하지 못하는 그에게 어느 날 카다키리 선사가 말했다.

"당신은 왜 글쓰기를 통해 당신을 단련시키는 방법으로 만들지 않죠? 만약 당신이 글쓰기 안으로 깊이 들어갈 수만 있다면 글쓰기가 당신 인생에 필요한 모든 곳으로 데려다 줄 것입니다."

식당 담당인 그는 하루 종일 야채를 썰다가 늦은 저녁 서점에 갔다. 서고에 《야채와 과일》이라는 에리카 종의 시집을 보고 그는 놀랐다. 아니 이런 것도 시가 될 수 있나? 그렇다면 나는 하루 종일 시를 쓴 것이 아닌가. 종일 파를 썰고 배추를 썰고 양파를 썰었는데 나는 시를 쓰고 있었나? 하고 경이를 가졌다. 울컥. 이런 평범한 일이 시가 될 수 있다면 나도 할 수 있겠군, 하고 그는 마음을 먹었다.

스승의 이야기가 다시 생각났다.

"글쓰기 안으로 깊이 들어갈 수만 있다면 글쓰기가 당신 인생에 필요한 곳으로 데려다 줄 것이다."

그는 그렇게 글쓰기 안으로 들어갔고 인생의 필요한 곳으로 갈 수 있었다. 뼈를 깎는 느낌으로 온몸, 온 정신, 모든 시간을 바쳤다. 그렇게 나온 책이 글쓰기 입문서 《뼛속까지 내려가서 써라》이다.

그는 말했다. 자신의 마음을 믿어라. 당신이 경험한 인생에 대한 확신을 키워라. 그것이 사업상의 서류이든 연애편지이든 박사논문이든 그 안에는 상대방을 움직이는 에너지가 실리게 된다. 뼛속까지 내려가 자기 마음의 본질적인 외침을 적으라고 그는 외친다. 그 책을 읽은 사업가, 변호사, 택시기사, 경영자 등 모든 사람들은 똑같은 말을 했다.

"글쓰기는 내가 하는 일과 똑같군요."

말하자면 진심을 다해 깊이, 절절히, 모든 것을 바쳐 하는 일은 어떤 것도 마찬가지이다. 개그도, 그림 그리기도, 춤추는 일도, 게임도 그렇다. 모든 것이 그대가 하

는 일에 얼마나 자신을 바쳤는지에 달려 있다. 감동은 언제나 자신의 능력을 뛰어넘는 데 있다. 그때 박수를 받는 이치를 잘 알 것이다.

때로는 자신이 하고 있는 일이 아주 싫어지는 순간이 있을 것이다. 갑자기 하고 있는 일이 시시하고, 희망이 없어 보일 때도 있을 것이다. 손을 탁 놓고 숨어 버리고 싶은가. 그러나 알아야 한다. 싫어하는 일 속에도 인생의 숭고한 의미가 숨어 있는 것이다.

그런 순간의 생각에서 이겨야 한다. 선택한 일에 대해 의미와 가치를 스스로 만들고 사랑해 보라. 그것이 그대를 내면이 강한 사람으로 일으켜 세울 것이다. 당당한 사람의 기본은 그렇게 시작하는 것이다.

그러면 전화를 걸지 않아도 된다. 이미 어떤 일에 영혼을 걸었다면 덜 외로울 것이다. 그래도 외로워서 누군가에게 전화를 걸고 진심을 쏟고 싶으면 그 마음 자체의 색깔을 찾아서 더 깊이 들어가 보라.

그렇게만 된다면 지금 우리가 서 있는 가장 낮은 자리가 가장 높은 자리로 이동하게도 될 것이다.

이 세상의 모든 일들은 어느 만큼 진심 어리게 했느냐

에 달려 있다. 그렇게 했을 때 결과가 바라는 대로 되지 않았다 해도 좋다는 생각이 든다. 늘 말하고 듣는 이야기지만 결과보다는 과정이다. 과정을 생각해 보면, 지나온 시간들의 매운 결의와 죽을 것 같은 실행의 고된 인내를 생각해 보면, 결과보다도 그 시간들을 오래 껴안아 주고 싶은 마음이 들 것이다.

그런 시간은 마음과 마음의 소통으로도 이어진다.

우리가 서로 말할 때 얼마나 진심을 꺼내 놓는지, 진심이 알갱이를 꺼내 성실과 성심이라는 느낌이 상대에게 전해질 때 관계는 수월해진다.

말은 화려한데 도통 감동이나 진심이 느껴지지 않는 사람이 있다. 그런 사람과는 아직 관계가 이루어지지 않았는데, 시작조차 없었는데, 배신감을 느끼게 된다.

내가 그런 배신감의 소유자일 때가 있었다. 아니, 그렇게 느껴졌을 때가 있었다. 내가 상처를 주고 내가 거품이라고 느껴졌을 때 나는 상대보다 내가 더 괴로웠다. 자기가 자기를 제일 잘 아는 것이 아닌가.

그대 안의 알맹이를 꺼내라. 화려한 과장은 말끔히 버려라. 꺼내라. 그대 안에 무엇이 꿈틀거리고 있는지 그

알맹이의 본심을 귀담아 들어라. 그리고 그 진심에 최선
을 다해 보라.

그 진심을 붙들어서 방향을 잡기만 한다면 그 진심은
그대가 가야 할 곳으로 데려다줄 것이다. 한 번은 자신
과 치열하게 싸워야 한다. 죽을 만큼 열정적으로.

나는 가방을 챙겼다. 그리고 떠났다. 겨울이었다. 그
해에는 추위가 더욱 세상을 덮었다. 진심은 얼지 않는
다. 그러나 거짓말은 얼고 다시 녹아 더 큰 거짓말이 된
다. 나는 침묵의 세계로 갔다. 내가 그때 진실로 가야 할
곳을 발견한 것이다.

침묵 피정이다.

일주일의 침묵 피정…….

말이 없다는 것, 말을 안 한다는 것은 황홀한 경험이
다. 그동안 내가 거품의 말 속에 살았던가, 눈물이 줄줄
흘렀다. 그리고 내면이 보이기 시작했다. 어쩌면 그리도
내면이 넓은지. 나는 그 내면을 걸었다. 외로움, 갈등, 그
런 것은 보이지 않았다. 다만 황홀했다. 그 끝없는 고요
의 세계를 나는 살았다.

이상했다. 말을 하지 않으니 배가 고프지 않았다. 조

금만 먹었다. 한결 가볍고 상쾌했다. 그리고 나의 내면 깊이깊이 들어갈 수 있었다. 눈은 맑아졌다. 멀리, 깊이 보였다. 하루가 길기도 하고 짧기도 했다. 나는 그런 나의 존재가 좋아졌다.

금식이 몸을 정화시킨다면 침묵은 영혼을 정화시켰다. 소리 없는 미소는 별과 닿았다. 지나가는 바람과도 깊은 대화를 나누었다.

말을 하지 않았지만 자연과 사람과 가장 말을 많이 나눈 시간이었다. 그리고 나 자신과도.

내가 보였다. 서툴고 못나고 쓸모없는 욕심들이 부끄

러웠다. 그런 침묵 피정이 한 편의 시를 쓰게 했다. 〈침
묵 피정〉이었다.

영하 20도
오대산 입구에서 월정사까지는
소리가 없다
바람은 아예 성대를 잘랐다
계곡 옆 억새들 꼿꼿이 선 채
단호히 얼어 무겁다
들수록 좁아지는 길도

더 단단히 고체가 되어

입 다물다

천 년 넘은 수도원 같다

나는 오대산 국립공원 팻말 앞에

말과 소리를 벗어 놓고 걸었다

한 걸음에 벗고

두 걸음에 다시 벗을 때

드디어 자신보다 큰 결의 하나

시선 주는 쪽으로 스며 섞인다

무슨 저리도 지독한 맹세를 하는지

산도 물도 계곡도 절간도

꽝꽝 열 손가락 깍지를 끼고 있다

나도 이젠 저런 섬뜩한 고립에

손 얹을 때가 되었다

날 저물고 오대산의 고요가

섬광처럼 번뜩이며 깊어지고

깊을수록 스르르 안이 넓다

경배 드리고 싶다.

겨울, 기도하는 시간

혼자서 견디는 눈물은
약하지 않다

너 혼자인 시간이 언제더라. 너에게 그런 시간이 있기는 있었던 것일까. 귀도 손도 눈도 다 쉬는 너 혼자만의 시간 말이다. 너무 평범한 질문인가? 그렇다. 그렇지만 우리의 삶은 때로 그렇게 평범한 질문에서 근본적인 문제제기가 되곤 한다. 나는 학생들에게 자주 말했다.

"너 혼자 있어 본 적 있어?"

학생들은 무슨 소리인지 금방은 알지 못한다.

"너 혼자 있는 시간 말이야. 귀에 들리는 음악도, 손에 들린 휴대폰도, 눈으로 보는 게임도 없이 순전히 너 혼자 있는 시간 말이야."

대답은 똑같다. 그것은 불가능하다고 말한다. 오히려 그들은 나에게 질문한다.

"그렇게 할 필요가 있어요?"

또 한 학생은 말한다.

"허락된 문명과 그 문명이 주는 즐거움은 누려야 하지 않을까요?"

나는 다시 말한다.

"지금 그 즐거움이 과연 스스로 즐기는 즐거움인지 아니면 허약하게 건조되어 버린 자신이 끌려들어 간 함정인지는 생각해 보았니? 모르는 일이야. 자신에게 물어봐. 정말 그것이 즐거움인지……."

그럼에도 그들은 결국 즐거움이라고 말한다. 그래서 나는 다시 말한다.

"그것은 위험하고도 불안하고 공포로 진화된 현실도피적 즐거움이기도 하고, 너무 익숙해서 변화되지 않는 붙들려 있는 즐거움일 수도 있어. 도무지 다음 페이지로 넘어갈 수 없는 형태가 있는 법이지. 그게 아닐까?"

그러나 그들은 다시 나에게 말한다. 결코, 선생이 말하는 결과론으로 단정하는 것은 위험하다고……. 귀로 듣고, 손으로 세상을 펴고, 두 손으로 문자를 보내고, 입으로는 대화를, 두 발로는 리듬을 타는 종합적 학습을 왜 이해하지 못하느냐고 그들은 나에게 따진다.

그렇게 다양하게 즐기면서도 뇌는 빠르게 움직이고 창의적인 일도 가능하다고도 말한다. 혼자 가만히 있는 것은 시간낭비고 바보 같은 짓이라고도 한다. 그들의 말에도 이유는 있다. 마치 선생이 종합학습 자체를 무슨 큰 질병이라고 말하고 있는 듯해서 그들은 오히려 나의 몰이해를 탓하거나 나이 먹은 늙은이의 말쯤으로 듣기도 한다(그래 늙은이의 말일 수 있다. 그러나 늙은이 말에도 이유는 있는 법). 그리고 말한다.

"그거 아주 쉬운 건데요."

나는 그것이 어렵다고 말하는 것이 아니다. 놀랍구나, 어떻게 너희는 그 어려운 것을 하고 있니? 그렇게 말하는 것이 아니다. 휴대폰과 이어폰을 마치 신체의 일부쯤으로 생각한다는 사실이다. 귀는 잘려 나가도 휴대폰과 이어폰이 없어서는 안 되는 현실과 그것들에 대한 몰입이 나는 왠지 두렵다고 말해야 하나. 나는 이쯤에서 말이 막힌다.

그래 설명을 제대로 하지 못하는 쪽은 나다. 왜 이렇게 말이 안 되지……. 반드시 '혼자'의 시간에는 창조적 강이 흐른다는 말을 나는 제대로 전하지 못하고 있다.

조금 심한 경우도 있다. 어떤 학생은 밥 먹을 때도 그 두 가지를 몸에서 떼어 놓는 법이 없다. 밥을 입으로 나르면서 한 손으로는 문자를 보내고 귀에는 다리가 오그라드는 노래가 출렁인다.

시간을 아끼는 종합세트 같은 놀이시간 내지는 학습시간에 대해 나는 정확하게 불만이다. 혹여 그런 몰입이 과학의 출발점이 되어 새로운 과학의 미지를 캐내는 일이 될 수 있을까.

너무나 익숙한 것을 내게서 떼어 낼 수 있는 마음의 에너지가 약화한다는 것을 말하고 싶다. 별것 아니라고 생각하겠지만, 일상화되어 버린 것에 대해 거리를 둘 수 있는 힘은 앞으로 세상을 걸어가는 데 힘을 실어 주는 큰 바탕이 될 것이다. 아주 좋은데 손을 놓아야 하는 일은 앞으로 얼마든지 있다. 일상이라는 것, 생활이라는 것, 그것을 통과하는 정신적 여권이 꼭 필요하다는 것을 나는 말하고 싶다.

정말 과학이 혼돈으로 이어지고 한계에 도달할 때 '이런 마음은 무엇일까'에 대해 의문스럽고 궁금해 누구나 철학의 문을 두드리게 된다. 왜? 왜? 왜? 이렇게 물으면서 말이다. 누구에게나 오는 것이지만 위기의 선택 내지는 절망이라는 절벽에 섰을 때 다리에 힘을 주는 것은 과학보다 철학일 수 있다. 그 철학이 인간으로 돌아와 인문학이라 부르는 평범하지만, 예지가 숨은 문 앞에 서게 되면 귀와 두 손은 일을 시작하지 못하고 떨리기만 할 것이다. 과장인가? 그래, 과장일 수도 있다. 그러나 분명 떨린다. 그동안의 기나긴 학습은 도대체 어디에서 무엇으로 날아가 버렸을까. 혼자 있지 못하는 것, 그것도 장애라고 나는 말한다.

남는 것은 혼돈과 방황과 머뭇거림만일 것이다. 그대들의 즐거움에 대해 나는 지금 방해를 놓고 있는가. 나는 정말 방해꾼인가.

너 혼자만의 시간이 언제인지 묻고 싶다.

휴대폰도, 귀에 걸린 이어폰도 다 버리고, 아니 잠시 서랍에 넣어 두고 단지 혼자 있으면 어떨까. 손이 심심해지고 귀가 간지럽고 입은 '에이 씨!' 하면서 그 잠시의 시간을 기다리지 못하지 않을까? 10분 아니 20분, 한 시간, 그대는 그렇게 할 수 있겠는가. 하루는? 어렵겠는가?

어쩌면 그렇게 혼자 있는 일이 갑작스럽고 어렵겠지만, 그러한 시간을 통해서 자기 내면의 소리를 들을 수 있다고 믿는다.

그 모든 것들을 견디는 법, 기다리는 법, 그리고 그리워하는 법을 조금씩 조금씩 배우게 될 것이다. 그것이 가능한 일이냐고 다시 따지겠지만 빈둥거리는 시간도 필요하다. 아 심심해! 입으로 몇 번을 발음하면서 책도 툭툭 건드려 보고, 제목이 왠지 끌리면 책을 펴 보기도 하고, 어느 제목이 눈길을 끌면 그 페이지만이라도 읽어 보고, 공부하던 시절의 노트를 훑어보기도 하고, 그렇게 빈둥빈둥하다 보면 그대가 살아온 날 중에 어느 날, 어느 순간, 그때의 약속 하나가 눈길을 끌 수도 있을 것이다.

새들이 물 위에서 햇살을 받으며 총총 놀듯이, 새가 나뭇가지 위에서 우는 것이 아니라 노래를 부르는 것을 보듯, 그들도 심심하고 할 일이 마땅히 없는 시간이 있을 것이다. 동물의 언어에 대한 논문에서 줄리언 헉슬리는 그런 순간에 사람도 '즐거움'이라는 것이 솟구친다고 말한다. 야생 오소리들도 어떤 위험의 순간에, 여가에서 얻은 기쁨을 위기를 극복하는 힘으로 사용한다는 것이다.

마당이나 집 안에 키우는 강아지를 보면 빈둥거림과 장난스러운 놀이 속에 생존투쟁이 아닌 즐거움을 찾으려는 노력이 있다는 것이다. 그런 순간에 자신이 진정으로 좋아하는 것을 발견할 수도 있다.

아아아! 하고 크게 기지개를 켜 봐. 온몸을 쫙 펴고 소리를 지르다 보면 그다음 할 일이 보이지 않을까. 다시 빈둥거려도 좋고…….

다 알고 있는 이야기지만, 어느 할아버지가 손자에게 선물을 주었다. 종이컵에 흙이 담겨 있는 것이다. 아이는 "이게 선물이야? 재미없어" 하고 생각했지만, 할아버지는 매일 아침 물을 주라는 명령까지 내린 터였다. 늘 재미없는 일은 계속되었다. 그러다가 어느 날 그 흙속에서 연둣빛 싹이 올라왔다. 그 경이와 놀라움은 그 아이의 미래에 무엇을 가져다주었을까.

기다림이, 그리움이 무궁무진한 상상력을 키우게 하고, 지루한 시간을 견디는 것이야말로 업적이며 새로운 창조의 대문이라는 것을 알게 됐을 것이다.

지루한 시간 속에는 어깨를 툭툭 치는 작은 알갱이의 기쁨이 자라고 있다. 이것저것 책도 들추고, 백지 위에 자기 얼굴도 스케치해 보고, 너무 심심하면 자신의 돌사진을 봐도 조금은 마음이 달라진다.

자기 자신에 대한 소중함, 부모에게서 와서 그 사랑 속에서 자라 온 자신을 보게 된다.

그렇단다. 사람이란 태어나서 부모뿐 아니라 많은 사람에게 폐를 끼치고 자란다는 것을……. 기차 속에서 버스 속에서 동네에서 네가 너무 울어서 옆 사람들에게 미안한 일이 많았을 거야. 그렇게 하면서 너도 자랐을 것이다.

미래로 가기 위해서는 자신의 과거 모습을 보는 것도

도움이 된다. 그리고 주변에 관심을 둘 필요가 있다. 그대가 자라 온 지난날에 대해, 지금 그대가 서 있는 곳에 대해서 생각을 해 본다면 처음엔 지루하겠지만, 드디어 미래에 대한 그림이 보이지 않을까.

가족에 대한 관심도 집에 대한 관심도 그 어떤 것에 대한 것도 관심도 보이지 않고 다만 휴대폰과 이어폰을 가지고 살아간다면 얻는 것보다는 잃는 것이 더 많다. 내가 대학 시절 들은 강의 내용에 이런 것이 있다.

두 사람은 똑같이 사흘을 굶었다. 다리가 흔들리고 기진할 만큼 허기에 차 있었다. 나흘째 아침 두 사람 앞에는 똑같은 양의 사과가 든 광주리가 놓였다. 이젠 어떻게 사과를 먹을까. 어떻게 먹는 것이 사과를 잘 먹는 일일까. 자, 보자. 이 두 사람이 어떻게 사과를 먹는지 말이다.

A는 사과를 보자마자 먹기 시작했다. 한 개 두 개 세 개 그리고 다섯 개. 그는 연이어 계속 사과를 먹었다. 열 개를 넘게 먹은 A는 꾸역꾸역 구역질을 하며 사과를 떠밀어냈고 사과라는 것은 꼴도 보기 싫게 되었다. 사과를 떠밀어내며 말했다.

"나는 사과가 죽기보다 싫어!"

B는 방법이 달랐다. 사과를 가만히 바라본다. 그냥 입 안으로 넣고 싶었다. 그러나 여유를 둔다. 떨리는 손으로 가만히 사과 한 알을 들어 올리며 사과를 본다. 이렇게 사과 빛깔이 아름답고 예쁜 적은 없다. 가슴이 떨린다. 입안에 사과즙이 배어나는 듯하다. 향기도 맡아 본다. 향기롭다. 아, 세상에 사과라는 것이 이런 것인가. 그는 감격한다. 사과 한 입을 문다. 비어 있는 식도와 위가 사과즙으로 차오르며 온몸이 사과 향으로 가득하다. 황홀하다. 도취한다. 다시 한 입을 먹는다. 더욱 열렬하게 도취한다. 이 세상에 사과라는 존재가 있었구나! 이

렇게 맛있고 향기로운 과일이 있었구나! 거듭 감격하며 그는 사과 두 알을 먹었다.

그는 망설인다. 하나쯤 더 먹고 싶었다. 아니, 마음으로 몇 개 더 먹고 싶었다. 그런데 그는 사과를 밀쳐놓고 만다. 이 순간까지 사과에 밀착하고 느끼고 사랑했는데 여기쯤에서 거리를 두면 그는 평생 사과를 그리워할 것이라는 생각을 했다. 영원히…….

B는 거기서 멈췄다. 그리고 사과는 이 세상에서 가장 향기롭고 맛있는 과일로 언제나 그립고 기다리고 싶은 대상이 된 것이다. 그 그리움의 힘이 허기를 이기게 한 게 아닐까. 안타깝고 더 욕구가 솟구쳐 오를 때 그 대상을 살리는 것. 한꺼번에 다 써먹고 꼴도 보기 싫게 만드는 방법을 멀리하라. 그것이 바로 시라고 나는 배웠다.

내가 대학생일 때 이 이야기는 재미없었다. 별소리를? 배고픈데 먹어야지. 열 개든 스무 개든. 30대에 나는 달랐다. 세상에서 나는 나의 꿈으로 저벅저벅 걸어가기 위해서는 그런 정신적 열량이, 기다림과 그리움의 열량이 필요하다는 것을 알았다. 왜일까? 마음대로 안 되는 것이 많아지기 시작했다는 이야기다. 꿈은 넘치는데 현실은 냉정했다. 그럴 때 그 이야기가 다시 떠올랐다. 대학 시절, 우습다고만 생각했던 그 이야기를 다시 떠올리며 울컥했다.

지금 생각하면 그 강의는 시에만 국한된 것은 아니었다. 모든 인생의 마디마디에서 나는 그 말을 떠올린다. 문학도 사랑도 성공도 다 거기에 연관된 것이라는 것을 알았다. 그것이야말로 시론만이 아니라 삶이라는 거대한 역사 속에서 반드시 지켜야 할 룰 같은 것이었다.

대학 시절 내가 좋아하던 남자가 떠났을 때 나는 정말로 죽고 싶은 마음이 들었다. 그러나 나는 울기만 하지는 않았다. 대학을 졸업하고 취직이 어려워 이력서가 휴지가 되어 돌아온 날도 울지만은 않았다. 아버지의 사업이 무너져 새벽 2시에 누더기 같은 짐을 트럭에 싣고 서울의 변두리로 이사를 가던 날도 울지만은 않았다. 더 가져야 하는데 내게 오지 않는 그 유와 무의 사이에서 정신의 근력을 키우는 힘을 나는 그때 알았다.

제법 품위를 가지고 조금은 우아하게 집 내부를 채웠던 우리 집 살림살이들이 이삿짐으로 끌려 나와 마당에 널브러져 있는 것들을 보면서 나는 생각했다. 사람이건

물건이건 제자리에 놓이는 것이 얼마나 축복인가를 말이다. 결국, 우리가 잠을 설치고 허리가 휘어지도록 노력하는 모든 일도 우리 자신이 제자리에 놓이기 위한 투쟁 아니던가.

　짐을 옮기는 어머니 아버지도 그 순간 마당에 뒹구는 넝마 같은 모습으로 내게 비쳤고, 그 순간의 절망은 지금 내 뼛속에 그림자로 남아 있다. 내 어머니 아버지를 넝마의 수준에서 원래의 어머니 아버지의 모습으로 되돌리는 일은 이후 나의 의식을 굳건히 하는 일이었다.
나는 두 다리를 뻗고 울면서 생각했다. 그것이 의지라는
것 아니겠는가.

그런 마음의 그림이 오늘까지 시를 쓰는 욕구의 저력
이며 바로 살기 위한 몸부림의 끈이었다. 그 모든 것들
은 나를 일으키는 의지의 지팡이가 되고, 내가 나로서
바로 서는 탐구력이 되었으며, 그런 마음의 자세는 인생
내내 필요하다는 것을 알았다.

말하자면 내가 열렬하게 좋아하는 것과 거리를 두는
학습을 하게 되었다는 이야기다. 그것은 왜 그렇게 어려
운 일이었을까. 나는 그런 삶의 자세가 필요하다는 것은
알았지만 물론 다 지키지는 못했다. 지금도 그렇다. 조
금 지나치는 경우가 허다하다. 이론적으로 알고 있는 것
과 현실적으로 실행하는 일은 젊거나 나이 먹거나 마찬
가지일 것이다.

그러나 알고 있다는 것은 수평을 만들어 금을 긋는 일
에 훨씬 도움이 된다. 그래서 말한다. 혼자 있어 보라고
말이다. 그것은 자기가 자신에게 주는 선물이라고 하면
과장이라고 말하겠는가. 정말 지키고 싶거나 가져야 할

것은 조금 거리를 둔 상태에서 참고 기다리며 자기를 조절하는 마음의 자세로부터 시작되는 것은 아닐까.

　나는 건축을 잘 모르지만 높은 건물 하나를 바라본다고 생각하자. 정말 멋지고 우아하고 초현대적 건물, 하늘을 찌를 듯한 높은 빌딩 하나가 멋있게 서 있다고 생각하자. 그 건물에서 가장 중요한 부분은 어디일까. 문득 나는 그런 생각을 해 본다. 우리 눈에 비치는 저 화려한 구도의 건물과 예술적인 창들, 그리고 지붕을 보면서 적어도 저 아름다운 감동을 버티고 있는 것은 지하공간이라고 생각한다. 그것은 맞다.

　그 건물을 지탱하는 힘은 바로 지하공간이다. 그러나 가장 중요한 그 부분을 사람들은 잘 알지 못한다. 잘 보이지 않으니까. 그 지하공간에 한 올의 잘못이 생기면 아름다운 건축물은 늘 위험에 흔들린다.

　나는 지금의 너의 생활이 지하공간이라고 생각한다. 하늘을 찌르는 건축물을 살리기 위해서 지하공간에 가장 많은 시간을 할애하는 것과 같이 지금의 시간은 별로 내보일 것이 없지만 네 생의 건축물이 들어서는 귀중한 시간을 살아가고 있다고 말이다. 그러므로 우뚝 서서 어떤 습관적인 즐거움에도 소속되지 않는 혼자만의 애타고 지루한 시간을 견뎌 보라고 말하고 싶다.

너무 악착스럽지 않게 하루 30분, 다시 한 시간, 그러다가 다시 그렇게 혼자인 시간을 가져 보면 분명히 자기를 이기는 방법 안에 놀랍게도 즐거움이 스며 나오는 것을 알게 될 것이다. 아주 작은 즐거움은 반드시 그 어떤 창조력의 바탕이 되는 '생각'이나 '마음'의 변화가 아니겠는가.

2장
—
사랑에게 말 걸기

여름, 찬란한 꿈

그대의 사랑은
안녕하신가?

　연애에는 멘토가 없다. 멘토가 되어 줄 사람이 있더라도 그의 연애사를 보면 연애 실패자인 경우가 대부분이다. 연애 실패자에게 무슨 조언을 듣겠는가. 그렇다면 연애란 순전히 독학으로 임해야 한다는 이야기다. 스스로 좋아하고 스스로 아파하고 스스로 판단하면서 연애의 초보자가 될 수밖에 없다.

　연애의 초보자가 되어 본다는 것은 축복이다. 누구나 그런 시간을 지난다. 꼭 어떤 것이 이루어지지 않더라도 그 마음 안에서 일어섰다가 꼬부라지는 마음의 천둥을, 혹은 절벽을 경험하는 일은 정상적인 과정이다. 그러나 대개는 그런 마음의 큰 갈등에 맞닥뜨리게 되면 누군가에게 정확한 답을 묻고 싶어지기도 한다. 이미 연애에 있어서는 멘토가 없다고 했지만 사실 꼭 그렇지만도 않다. 인생을 보면 뭐든 성공한 사람만이 답을 알고 있는 것은 아니기 때문이다. 아니, 오히려 성공한 사람에게는 답이 없을 수도 있다. 그것이 연애이든 무엇이든 실패자에게 더 훌륭한 답을 얻을 수 있다. 그렇다. 실패자에게도 반드시 들어야 할 이야기는 있다. 그렇다면 반대로 연애에는 정말로 멘토가 필요한지도 모른다. 무엇이 잘못인지 실패의 원인이었는지 들어 보는 것이 좋을지도.

연애의 멘토는, 연애를 아주 멋지게 시작하고 싶은 의욕이 들 때도, 연애가 잘 안 돼 더 좋은 방법을 묻고 싶을 때도 필요하다. 그러나 연애는 꼭 그렇게 공식처럼 시작되거나 이루어지지 않는다. 어느 날 갑자기 불현듯 사랑의 감정이 나타나고, 그런 감정을 주체적으로 받아들이게 된다. 그러다가 어떤 문제가 생기면 갈등하고 괴로워하며 절망의 숲으로 걸어 들어간다. 참 어렵지만 그게 연애다.

내가 연애에 관해 이야기하는 일은 좀 부적절하다. 이미 연애에 대해서 새삼 할 말을 잃었고, 그동안 살아오면서 지켜보았던 많은 사람의 연애가 완성되거나 죽을 만큼 아름다운 모습을 본 적이 없기 때문이다. 무릇 끝까지 일생을 다해 사랑하는 일도 보기 어렵다. 이로 인해 연애에 대한 신뢰를 잃었다. 그런데 왜 연애를 말하는가. 그럼에도 연애는 생명으로 태어나 반드시 겪어야 할 아름다운 가치이기 때문이며, 그것이 더러는 그저 그렇고, 더러는 참담할지라도 그것대로 주는 교훈이 분명히 있기 때문이다.

그러니 젊은이들이여! 연애를 하라. 어떤 논리로도 설명되지 않는 인간 미학의 최고봉이 사실 거기에 있다. 연애가 데리고 가는 길을 경험하지 않고서는 삶은 너무 싱겁다. 결과적으로 연애를 하면서 마음을 좀 다치더라도, 눈물을 흘려 보아야 장차 생의 계단을 강인하게 오르지 않겠는가. 사랑이란 때로 엄청난 힘을 준다. 자기의 힘으로는 불가능하다고 생각했던 천 배 만 배의 능력을 한순간 솟구치게도 한다. 그러니 연애 또한 잘 다스려야 할 그대 마음의 청마다. 마음대로 뛰게 할 수도 없

73

고 그렇다고 꼭 붙잡고 있을 수도 없는 그대의 마음인 것이다.

막 연애를 시작하고, 어떻게 해야 하나 고민할 때, 사실은 이때가 가장 좋은지도 모른다. 온종일 머릿속에는 무엇을 어떻게 할지에 대한 고민으로 가득 차 있고, 아무것도 시작한 것이 없는데도 기분은 맑게 상승하는 시기다. 요즘엔 어깨만 슬쩍 건드려도 통하고, "커피 한잔 할까?" 하고 한마디만 던져도 이미 다 알아 버리는 경우가 많다. 하지만 시작은 쉬울지 몰라도 그다음은 꼭 그렇지가 않다. 장담하건대, 아무런 문제와 갈등 없는 연애는 없다. 연애란 게 만나서 좋아하고 사랑하면 된다 싶지만 거기에는 누구도 짐작 못하는 함정이 있기 마련이다. 아무리 시작이 순조롭다 해도 무언가 마찰이 생기고, "너 이런 애였어?" 하고 마음이 뜨끔할 때도 있는 것이다.

요즘은 이별도 쿨하다. 한 달에도 두어 번씩 연애가 이루어지고 아픔 없이 안녕 하고 손을 흔들면 그만이라고 말하지만 나는 절대로 그렇게 생각지 않는다. 연애는 아니지만 연애 비슷한 순간이 있다. 그럴 때는 아픔까지는 아니더라도 마음이 참 어수선하다. 뭔가가 마음에서

스멀스멀 기어다니는 것도 같고, 코가 시큰해진다든가 왠지 모르게 목둘레가 벌겋게 달아오르기도 한다. 그럴 때면 그 사람에게 다가가기 위한 많은 방법을 생각하게 된다. 그가 잘 가는 장소에서 우연의 이름으로 만나기를 바란다거나 특별한 이유도 없이 그의 주변을 맴돌기도 한다. 연애의 시작이란 그렇다. 뭔가 특별한 계기가 꼭 필요한 것이 아니라 그냥 마음이 어떤 사람에게로 조금씩 흘러가는 그런 시시콜콜함에서 시작되고, 이루어지기도 하는 것이다.

"나 너하고 사귀고 싶다"는 말에 "좋지" 하는 단 한마디 대답으로 시작되는 연애를 꽤 본 적이 있다. 그렇게 시작이 순해도 과정은 사나울 수 있다. 그런가 하면 시작은 어려웠으나 과정은 순탄할 수도 있다. 그러나 두 경우 모두 그런 시작의 계기와는 상관없이 연애의 과정에서 갈등하고 상처받고 지쳐 가고, 헤어지거나 다시 사랑하는 연애의 일반적인 모습을 보이게 된다.

누군가 아주 근사한 말을 했다. "한 사람이 우주를 요약하고 그 우주가 한 사람으로 축소된다"는 말. 그 한 사람이 사라지면 우주도 사라지고 만다는 황당함이 얼마나 매력적이고 짜릿한가. 결국 연애는 자기 나름의 기후를 만들어 가면서 비도 맞고, 눈과 폭풍도 맞고, 활짝 피어나는 봄도 맞이하는 일이다.

우리는 유치원을 시작으로 대학까지 무수한 학교를 거치며 성장한다. 그 속에서 우리는 과연 무엇을 배웠을까. 더 좋은 학교, 더 좋은 곳에 취직하기 위해 노력함으로써 훌륭하게 성장했다는 찬사를 받을 수 있다. 그러나 그것과 연애는 또 다른 문제이다. 오히려 그런 것들에만 눈이 멀어 인간에 대한 성숙도는 엎질러진 물이 되는 경우를 여럿 보았다.

연애란 자기 안의 바람을 불러일으키는 일이다. 결코 쉽지 않은 자기 갱신을 연애는 자연스럽게 일으킨다. 어찌 그것을 부모가 가르칠 수 있겠는가. 엎드리고, 뒹굴고, 몸살을 앓고, 속을 다 게워 내고, 눈물을 흘리고, 온몸의 세포가 갈가리 찢기고, 죽을 만큼 행복하고, 자기를 좀 더 쇄신해야겠다고 주먹 쥐고 다짐하게 하는 것이 연애이다.

내면의 폭풍이 있지만 아마도 연애를 따라오지는 못할 것이다. 연애는 낭떠러지에서 떨어져 스스로 일어나는 정신적 투신도 가르친다. 인간은 그럴 때 성장한다. 내적 사투에서 쓰러져 보고 이겨 내기도 하면서 비로소

인간이 되어 가는 것이다.

연애에 있어 토대란 없다. 기초는 마음의 움직임이 전부이다. 그러므로 다가오는 모든 폭풍과 기쁨을 혼자 맛보고 혼자 잘 정리해야 한다.

왜 연애를 하는가. 그런 원론적인 설명은 필요치 않다. 아무런 준비 없이 일생의 반려를 찾아 여행하는 것도 연애고, 길거리에서 우연히 만나 이루어지는 것도 연애다. 공식이 없는 것이야말로 연애의 토대이다.

연애는 사랑이다. 그것은 오직 상대를 사랑하는 일이지만 결국 따지고 보면 나를 사랑하는 일에 순종하는 것이다. '내 마음에 들었다'가 연애의 시초라면 갈등하고 상처받는 일도 결국 내 마음을 따라가다 생기는 일이다. 그러므로 연애는 그만큼 이기적인 부분이 크다. 사랑하는 상대 때문에 죽을 것 같다는, 그 어떤 파산이 와도 기꺼이 받아들일 수 있다는 과장된 사랑의 표현은 실은 가짜다. 사랑은 상대로부터 촉발되는 것이지만 그 촉발로 인해 스스로의 행복이 만들어진다.

따지고 보면 함량은 똑같다. 기쁨도 슬픔도 고통도 두 사람이 나누어 가지는 연애의 부산물이다.

사랑은 따지는 것이 아니다. 흐름이다. 그러나 우리는 어떤 경우에나 이유를 댄다. "내가 얼마나……" 같은 후렴은 어리석다. 결과에 지혜로울 수 있어야 한다. 그것이 연애의 자격이다.

연애는 논리와 실증주의가 아니다. 연애에는 정당화도 없다. 근거 없이 주저 없이 믿어 버리고 받아들이고 거기에 목숨을 건다. 그것은 영원이면서 찰나지만, 우리는 그 찰나의 순간이 영원하리라고 쉽게 단정 짓는다.

연애는 의미와 가치이지만 무의미로 가득 찬 풍선이다. 결론적으로 풍선 안에는 아무것도 없다. 그 풍선 안에 이 세상의 모든 진리와 감동과 감격이, 그리고 그 어떤 눈부신 결정체가 있다고 믿지만 사실 그 안은 텅 비어 있다. 그러므로 연애는 상상이고 환상이고 마술이다. 미안하지만 그럴 가능성이 크다는 말이다.

연애에 빠지면 '눈이 번쩍 뜨인다, 심장이 뛴다, 외곬으로 변해 딱 하나만 보인다, 미칠 지경이다'와 같은 변화가 일어날 수 있다. 좋다. 그렇게 맹목적이 되어 보는 것도 나쁘지 않다. 나이가 들면 절대로 할 수 없는 일이

다. 아니, 이성적인 생각이 터를 잡으면 불가능한 일이
다. 그러나 사실 연애야말로 이성적인 부분이 필요한 일
이 아니겠는가.

그대는 애인이 있다. 오늘도 휘파람을 불며 약속 시간
을 떠올린다. 기분이 상승한다. 왜 한 사람 때문에 세상
을 손에 잡은 듯 가슴이 벅차도록 기쁜가. 연애에는 분
명 그런 기질이 있다. 왜 좋은가 따질 일은 아니다. 마냥
좋다. 그런데 문제가 있다. 한 사람은 무작정이고 한 사
람은 이익을 따진다는 것이다.

사랑의 사회학자로 유명한 에바일루즈는 연애에 있
어서 마음을 주고받는 것 자체가 자유시장의 경제모델
과 같다고 말한다. 온도는 싸늘하지만 틀린 말은 아니
다. 연애에도 가격이 있다는 말이다. 제대로 된 가격인
가 자신에게 물어보아야 한다. 시시하고 못나고 덜 익은
사랑은 아예 스스로 거절하라. 기억조차 거부하고 싶은
연애에는 반드시 상대방을 배려하지 않고 개인적 만족
만을 붙잡는 이기적 모험이 존재한다. 상대로 인해 어떤
이익을 붙잡으려는 상인 같은 거래는 불행하다.

설렌다고 모든 것이 사랑은 아니다.

그러나 사랑은 부식하기 쉬운 음식이다. 관리가 필요하다. 유통기한이 너무 짧다. 그 짧은 기간을 일생 동안 끌어갈 수 있는 품목은 감동이다. 고마움이고 감사함이다. 결국 인간적인 문제로 향하게 된다.

한국적 사랑에는 아주 좋은 원자가 있다. 바로 정이다. 세계적으로 없는 '정'이 한국에는 존재한다. 애정이 그렇다. 이 말은 절묘한 의미가 있다. 사랑을 정으로 이끌어 가는 연애 행진이다.

유럽과 서양에서는 쉽게 '사랑'을 외치고, 그들은 3분만에도 서로의 사랑을 확인하지만 수명은 길지 않다. 만약 로미오와 줄리엣이 사랑한 시간이 15일이 아니라 15년이었다면 결과는 뻔하다. 영화 〈타이타닉〉에 나오는 두 연인이 사랑한 시간이 7일이 아니라 70년이라면 이야기가 달라진다. 누구나 7일이나 15일쯤은 죽을 만큼 사랑할 수 있다.

동양적인 한국의 사랑에는 정이 존재하므로 시간을 끌 수 있다. 사랑하느냐고 단 한 번도 묻지 않고도 60년 회혼식을 하는 것이 한국 사람들이다. 생손앓이를 하면서 서로에게 밥그릇을 놓아 주는 것이 한국의 정신이고 양질의 사랑이다. '굵게 짧게', 그런 것은 사랑이 아니다. 사랑의 성공은 얼마나 뜨거웠느냐가 아니라 수명이다. 그리고 인간적 책임이다.

내가 읽은 어느 책의 밑줄 친 부분에는 이렇게 쓰여 있다. "모든 인간은 사랑이라는 이름을 통해 자신의 한 시절을 넘기며 새로운 눈과 의식으로 거듭나게 된다. 자신을 넘어서지 못하면 절대로 타자에게 도달할 수 없는 것, 그 값진 극복이 바로 사랑"이라고.

그 값진 극복 속에는 누구도 읽어 낼 수 없는 실핏줄 터진 상처가 있다. 젖은 소금을 끌고 가는 것보다 더 무겁고 쓰라린 무게를 감당하는 일, 현실의 통증을 끌어안는 너그러움, 그런 수용이 필요하다. 그 상처와 수용을 마음으로 다스리는 일, 그것이 사랑의 가격이다.

그대의 사랑은 지금 얼마짜리인가?

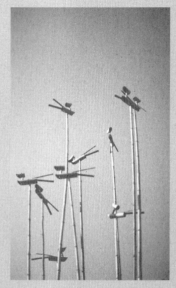

가을, 하늘을 소망하다

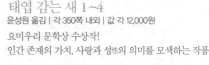

찬란한 일상을
노래하다

어릴 적, 방문턱을 밟는 순간을 할아버지께 들키면 그렇게 나를 사랑하시던 할아버지가 무섭게 화를 내시며 나무랐다.

"문턱을 밟으면 안 되는 기여!"

그 순간은 온몸이 쪼그라들어 묻지 못했지만 할아버지가 기분 좋으실 때 이유를 물은 적이 있다. 그러면 웃으시며 조용히 말씀하셨다.

"문턱은 집의 목이다, 니 목을 밟으면 니는 어찌 되겠노? 숨을 못실 거 아이가."

그때는 그 말이 잘 이해되지 않았지만, 지금은 턱을

넘을 때마다 그 말씀이 떠올라 내 발에 밟혀 숨을 못 쉬는 집을 생각하게 된다. 그 말씀은 문턱에 걸려 넘어질지 모르니 조심하라는 뜻으로, 남을 배려하는 말이 되기도 하고, 더 나가면 복을 부르는 일과도 관계가 있었다. 집 숨을 잘 쉬게 하여 순환이 잘되면 집이 건강해지고 집에 복이 온다는 결론에 이르는 것이다.

이해가 간다. 그때는 그런 금기가 많았다. 장독대에 들어가서 남을 욕하면 안 되고, 밥을 푸면서 팔자 타령을 해도 안 되며, 거지에게 밥을 줄 때 던지듯 주면 안 된다고 했다. 외상은 하되, 사흘을 넘기면 안 되는 것은 천 번도 더 들은 이야기다. 특히 어머니는 누가 우리 집 문고리만 잡아도 냉수 한 그릇은 대접해야 한다는 것을 철칙으로 지키셨다. 어쩌다 그가 대문에서 멀어지면 저만치 따라가서 설탕물 한 그릇을 마시게 하던 모습을 자주 봤다.

또 마음을 풍족하게 쓰라고 하셨다. 남에게 손이 오그라지면 내 복을 찾기 힘들다는 이야기였다. 그렇다고 어머니가 복을 많이 받았다고는 할 수 없다. 오히려 지지리도 복과 인연이 없었는지 모른다. 그래서 나는 내게

복이 왔다고 생각될 때 어머니가 덥석 받지 않고 내게로 미루어 보낸 복이라고 생각할 때가 참 많다. 어머니의 복을 내가 대신 받은 것이라고 생각하면 목이 메이는 일이다. 복은 대를 이어가는 것이지 않겠는가. 그런 추억들이 가장 되살아나는 시기가 바로 12월 생의 매듭, 다시 말하면 계절의 문턱이다.

12월은 바로 새 문턱 앞에 서는 달이다. 새로운 생의 백지가 펼쳐지고, 미루어 덮어두었던 일들을 새롭게 꺼내고, 그래서 마음다짐을 하며 마음의 대공사를 하는 시기가 12월이다. 반성도 하고, 새 다짐도 하고, 밑줄도 긋는 시기…… . 조금은 자신을 잃기도 하지만 새 시간을 부여받는 축복 또한 우리의 것이 아니겠는가.

생각해 보자, 지난해는 정말 내가 살아야 할 것을 살았는지. 그것이 가장 나를 혼돈에 빠지게 한다. 그래서 나에게 다시 묻는다.

"너는 네가 살아야 할 것을 살았는가?"

나는 울컥한다. 이것이 무슨 감정인가.

"네네. 아직 내가 살아야 할 것이 무엇인지 몰라요."

"네네. 나는 살아는 보려고 했는데 잘 안됐어요."

"네네. 나는 죽어라 노력했는데 살아보려고 안간힘을 썼는데도 결과가 없어요."

아마도 나는 이렇게 대답할지 모른다. 그러나 정확한 대답은 없는 것 같다. 그냥 울컥한다.

목이 메이는 일이 자주 있다. 평범한 장면들에서다. 엄마가 아이를 안고 있는 모습도 그렇고, 아버지가 아이 손을 잡고 가는 장면도 그렇다. 바람이 대책 없이 불고 기온이 뚝 떨어져 영하로 곤두박질할 때, 웅크리고 새벽 길을 가는 중년의 남자를 봐도 그렇다. 마음이 약해진 탓일까. 자신감을 잃은 탓인가. 우리 집 앞에는 고등학 교가 둘이나 있다. 희뿌연 새벽길, 혹은 늦은 저녁 길에 학생들이 오고 가는 것을 보면, 그들이 이 나라의 희망 인데도 왠지 안쓰럽고 측은하다. 울컥 목이 메인다.

나는 자꾸 묻는다. 우리가 지금 정말 살아야 할 것들 을 살고 있는지, 진정으로 살아야 할 것은 무엇인지, 각 자 그것에 대한 정확한 해답은 가지고 있는지……. 나 는 다시 묻는다. '우리'가 아니라 '나'의 살아야 할 것에 대해 명확한 답변을 가지고 있는지, 그것에 충실하기 위

해 계절의 마지막 문턱에서 무엇을 약속하는지……. 그
렇다. 그건 개인의 헌법 같은 것이다.

내가 만든 헌법이지만 내가 치러야 할 대가는 어떻게
해야 할까. 엄격한 자기 판단이 가능한지 물어야 할 것
같다. 아무도 모르니 슬쩍 지나가도 되리라고는 아마 누
구도 생각하지 않을 것이다. 나를 거울처럼 가장 잘 보
고 있는 것은 '나'니까…….

그러므로 그런 자기 헌법에 걸린 대가를 충분히 받았
노라고 말하는 사람이 있을 것이다. 나는 기분 나빴고,
스스로에게 실망했고, 신뢰가 무너졌으며, 의욕을 잃었
다. 그보다 더 큰 대가가 어디 있느냐고 말하는 사람이
있을 것이다. 내가 그렇다. 그런 경우 나는 심한 우울증
에 걸린다. 자신감을 잃어 정신의 다리 역할을 잊어버린
다. 서고 걷는, 다시 걷는 일의 기능을 잃어버리는 것이
가장 대가를 치르는 일이다.

세상에서 무엇을 짚고 일어서야 하는 일이 얼마나 외
로운 일인가를 알아야 한다. 누구나 우리의 지팡이가 되
어주지는 않는다. 짚어야 겨우 일어서는데도 짚어야 할
난간이나 지팡이가 없다면 어쩌겠는가. 따뜻하게 잡아

주는 손이 없으면 어쩌겠는가. 따뜻한 손을 만들거나 그
래도 그 손을 찾지 못한다면…….

그러므로 우리가 가져야 할, 살아야 할 첫 번째 덕목
은 혼자 일어서는 일이다. 그러기 위해 우리가 견디고
참아야 했던 순간들이 얼마나 많았는가. 우리가 일생
당연히 벌어야 할 것은, 그것이 돈이건, 건강이건, 사회
적 지위이건, 그보다 더 중요한 것은 혼자 서는 일이다.
외롭다고 치근대지 않고 얼마나 아팠는가. 그런 상실감
에서 일어나려면 시간도, 노력도, 열 배는 더 든다. 그러
나 그렇게 어려운 일을 이 나이만큼 해온 터다. 그러므
로 모든 감정의 기복과 친숙할 만큼 친숙한데도, 놀라
운 것은 마치 처음인 듯 항상 놀라고 의욕을 잃는다는
것이다.

상실감은 그렇게 늘 처음이다. 그만큼 했으면 제법 맷
집이 두꺼울 만도 한데 그렇지가 않다. 왜 그럴까? 오늘
날 가장 큰 질병은 에볼라나 폐암이 아니라 소외감이다.
이 말이 맞다면 내 실수, 내 상실감 속에는 소외감이 자
리하고 있는 것은 아닐까. 다른 사람은 모두 빛나는 곳
으로 달려가고 있는데 나는 나와의 작은 약속도 지키지

못하고 홀로 추운 곳에 떨어져 있다는 고립의식이 나를 깊은 우울 속으로 빠져들게 하는 것은 아닐까. 고독감과 소외감은 가장 비참한 빈곤이 아닌가.

이런 순간에 의지력은 거덜 나고 마는 것을 나는 참 오래 경험해왔다. 그러나…… 다시 그러나…… 나는 지금 몇 번 '그러나'를 외친다. 우리는 각자 자신의 위치에서 다시 두 발로 땅을 꽝꽝 쳐본다. 내가 설 기본은 단단한가. 여기서부터 12월의 약속과 2015년의 생을 다시 확인하자.

그대가 스무 살인가? 그러면 그대의 살아야 할 덕목의 첫 번째는 무엇인가? 하얀 백지에 써보라, 꾹꾹 눌러써보라. 하나를 더 덧붙인다면 살아야 할 것을 살지 못하고 있는 것은 무엇인가? 다 같은 말이지만 되짚어봐도 상관없는 일이다. 서른 살인가? 그대가 마흔인가? 아니 그대가 쉰인가? 그대가 누구라도 지금 살아야만 하는 절대가치가 무엇인지, 그것을 진행하고 있는지, 너무 고단하다고 쉬고 있는 것은 아닌지…… 지난해의 온전치 못한 부분을 삶으로 이끌고 와 진정으로 살아야 할 핵심을 꽉 잡고, 다시 일어서고 걷고 뛰어야 하지 않을까?

　나는 다시 내가 살아야 할 것들을 적는다. 노트의 첫 페이지에, 여고생 때 했던 과장스럽고 호사스럽게 작성한 일 년 계획표와 전혀 다르게, 냉정하고 단순하게, 적어도 이 첫 페이지에 적은 검은 글씨를 지키지 못하면 나의 헌법으로 가차 없이 벌을 받아야 할 것들에 대하여 나는 생각한다.

　오래 생각하고 천천히 쓴다. 그리고 두 손을 잡고 오래 기도한다.

여름, 소년의 꿈

한마디의 말에서 오는
기적

너에게 말을 건다. 환한 얼굴, 밝은 마음으로 너에게 말을 건다. 너에게 다가가기까지 오랜 시간이 걸렸다. 무슨 표정, 무슨 말로 너에게 다가갈지, 그것은 참 어려운 일이었다. 그러나 나는 너에게 말을 건다. 이것은 하늘의 축복이나 지상의 모든 존재들의 화통한 화합 없이는 허용조차 안 되는지 모른다. 내 작은 습관 하나를 바꾸는 데 그런 힘이 필요하다. 그래, 그럴지도 모른다. 적어도 이 순간만큼은 그런 생각이 든다.

그리하여 너에게 말을 건다. 그리하여 드디어 나는 너에게 말을 건다. 그리하여 오랜 시간 끝에 꽃이 핀다. 나는 모든 만물, 모든 자연에 별로 아는 척을 하지 않았다. 살아내는 것이 이리도 급하고 정신줄을 놓아버리는 일이었을까. 내가 서 있는 곳, 내가 머문 자리, 내 눈에 보이는 정도가 자연이었고, 만물이었고, 세상이었을 것이다.

그것도 스쳐 지나가는 정도 아니었을까. '아 좋다!' '어머 여기 좋아!' 하는 쯤으로 생각했을지 모른다. 그리고 나는 쉽게 이동했고, 다음 장소에서도 그렇게 지나가는 말투로 슬쩍 입술만 움직였을 것이다. 그리고 시간이 흐른 후 그 지나온 장소를 말할 때 그저 좋았다고 다시 말하지만, 실제로 이미 많은 것을 잊어버렸다. 무엇이 어떻게 좋았는지 생생한 기억이 나질 않아 그때만큼의 즐겁고 행복한 그 무엇을 말할 수가 없다. 너무 평면적이고 밋밋하게, 어설픈 감격 아닌 감격으로 만나고 왔기 때문일 것이다. 세상에는 활활 불붙은 격정도 시간이란 지우개가 지워버리기도 하는데, 그보다 엉성한 감정은 얼마나 더 쉽게 잊히겠는가.

그리하여 너에게 말을 건다. 지금까지 그렇게 살아왔나…… 자연도 봄도 사람까지 말이다. 그래서 다시 말을 건다. 실은 영원하지 않으니까.

오늘은 창 너머 보이는 운동장에게 말을 건다. 아침마다 바라보는 운동장이다. 방학이라 운동장은 텅 비었다. 가끔 동네 사람이 걷는 모습이 보인다. 나도 걷던 운동장이다. 텅 비었지만 학생들의 아우성도 들리고 선생님의 호루라기 소리도 들린다. 저기 별별 발자국이 겨울바람에 쓸린다. 저 발자국의 주인들은 떠났거나 곧 돌아올 것이다. 나와는 아무 관계가 없다. 저 텅 빈 운동장을 나도 몇 개나 스쳐 지나왔다. 내 인생경력에는 저런 운동장이 몇 개 있다. 잊어버린 운동장도 가끔 가슴에 빗금을 치며 지나간다. 그런 운동장들이 있는 법이다. 그런 운동장을 다정하게 바라본 적이 없다. 소중하게 생각한 적도 없다. 늘 무엇엔가 쫓기면서 고민해야 할 것이 산더미처럼 쌓인 얼굴로 살아왔다. 나는 뭐가 그렇게 급했을까. 다음으로, 또 다음으로 떠나려고만 했다.

내가 당도해야 할 곳이 텅 빈 운동장이라고는 상상하지 않았을 것이다. 그러면서 이 운동장을 언제 떠나나, 늘 지겨워하며 그 몇 개의 운동장을 떠나왔다. 운동장이 그랬고, 거리가 그랬고, 학교가 그랬고, 아마 사람도 그랬을 것이다. 그 거리가, 그 학교가, 그 사람이 영원할 것 같아서 뒤를 돌아보지 않았다. 그런데 운동장도, 거리도, 학교도, 사람도 사라졌다. 언젠가 가보리라, 미루고 미루던 사람과 풍경이었다. 10년이 지나고 20년이 지났다. 피곤하고 막막하면 정말 마지막으로 '그래, 거기 가야지' 하며 미루고 미루었으나 다 떠나가 버렸다. 죽음만큼 큰 배신은 없다. 더 이상 어떻게 해볼 도리가 없다.

운동장을 바라본다. 언젠가 저 운동장도 다른 모습으로 변할 것이다. 저 풋풋한 숨소리를 간직하고 있는, 비어 있지만 뜨거운 숨결이 차고 넘치는 운동장을 사랑스럽게 바라본다.

운동장은 마음까지 다 풀어 놓는 곳이다. 내가 아는 남자는 운동시간에도 교실에서 책을 읽었다고 으스대듯 말했지만 매력이 절반으로 깎인다.

운동장은 다른 빈터와 다르다. 학교 앞 운동장은 나이가 들어도 영원히 가슴에 남아 숨을 헐떡이며 뛰는 공간이다. 교실과 잇닿은 교실 같은 심장이다. 저 운동장에 나가 두 팔을 쫙 벌리고, 뛰고 구르고 달리며 하늘을 보고 소리소리 지르는 것이야말로 책에서 얻는 지식보다

값지지 않겠는가. 이마에 솟은 땀을 닦는 것을 아쉬워할 것이다. 영혼의 근육까지 펄떡거리며 파도칠 것이다.

운동장은 그런 곳이다. 우리가 마음과 영혼에 운동장을 둘 수 없으니 지상의 곳곳에 두었을 것이다. 젊음이 사무치는 순간에 서 있어 보라고…… 아니, 마음이 용솟음칠 때 두 팔을 하늘 쪽으로 뻗고 서 있어 보라고…….

나는 오늘 운동장에게 말을 건다. 소리를 낸다. "좋은 아침" 운동장이 답한다. "그래 좋은 아침" 인사는 고요한 목례보다 소리 내는 것이 좋다. 상큼하다. 상큼한 인사에는 반드시 흰 목련꽃 같은 미소가 따라온다. 미소는 메아리가 있어 모든 몸과 얼굴을 밝힌다.

무엇인지 모르면서도 늘 기다리는 '일상의 좋은 기운'은 이런 순간에 행운이라는 이름으로 변화해서 우리 몸으로 들어온다. 이런 것을 의학계에선 '베타 엔도르핀'이라고 부르지 않던가. 도파민의 쾌감계라고 하기도 한다. 그러니 소리를 내자. 소리는 행운을 불러온다. 소리 내어 하는 기도가 마음으로 하는 기도보다 잘 통한다는 말도 있다. 우리 어머니는 "한마디를 입에 달고 살면

그 한마디가 네가 원하는 곳으로 널 데려다준다"라며,
"말버릇이 팔자를 만든다"라는 말을 자주 하셨다. 좋은
말을 사용하라는 뜻이었을 테다.

'말 한마디로 천 냥 빚을 갚는다'라는 명제 아래, 말에
대한 어머니의 어록은 끝이 없었다. "한마디 말에는 천
지만물이 다 들어 있는 기라, 신이 들어 있는 기라, 그러
니 다 듣고 있는 기다"라는 말도 자주 하셨는데, 처음 듣
는 데다 어디서 유래된 말인지 몰랐다. 그리고 반대로
'입방정'이라고 해서 잘못 떠들면, 될 것도 안 된다는 말
도 자주 들었다. "말은 하늘이 다 듣는다" 어머니의 이
같은 말에 대한 강의는 지속적으로 나를 괴롭혔지만, 또
지속적으로 나를 구원해주었다. "보기 좋은 떡이 먹기
도 좋다"라는 말도 다 같은 맥락이다. 때론 화가 나서 입
이 좀 나와 있으면 영락없이 한마디 하셨다. "주둥이를
내밀면 먹는 복을 내미는 것이다. 오늘 감사하다고 소리
내 말해라" 이래도 저래도 긍정의 효과를, 그리고 소리
의 효과를 강조한 말들이었다. 과연 나는 그런 어머니의
어록에 충실했는가. 그것은 한갓 지나가는 바람이었고,
그 어록의 진실을 어머니가 돌아가시고 삼십 년이 지난

지금 쓰다듬고 다시 쓰다듬는다.

　의학박사인 동시에 농학박사이며 경제학박사인 일본
의 사토 도미오는 소리 내어 말할 때 꿈이 이루어진다는
이론을 강력하게 펼친《기적의 입버릇》이란 책을 내놓
은 바 있다. 우리 어머니가 '말버릇'을 강조한 것과 다르
지 않은데, 어머니는 다만 이론이 없을 뿐이다.

　이 책은 가슴에 확 다가와 마치 어머니가 하늘에서 박
사학위를 받고 내게 편지를 쓴 것만 같았다. 그 책을 읽
으면서 어머니의 글을 읽는 기분이었으니까.

　토미오의 말들은 바로 내가 어릴 때부터 들은 어머니
말의 뿌리다. 불평이나 욕, 험담은 꼬리가 길어 누구에
겐가 꼭 밟힌다고 어머니는 노래를 불렀다. 진심은 많이
나타내게 되고 많이 나타내다 보면 가락이 붙는데 그게
노래라고도 했다. 소리에는 영적인 힘이 있다고 말하는
토미오의 이론과 같다. 그래서《기적의 입버릇》을 읽으
며 어머니의 말버릇 어록과 너무 흡사해 놀라워했고, 곳
곳에 페이지를 접어두었다.

좋은 말, 중요한 가르침, 좋아하는 사람의 이름, 그리고 자신의 꿈. 이런 것들을 되풀이해서 낭송하라. 더 나아가 이 책도 소리 내어 읽어보라. 인쇄된 글자에 불과한 이 말들이 '영적인 힘'이 되어 당신의 인생을 바꿔줄 것이다.

또 하나 잊지 말아야 할 것은, '불평'이나 '욕', '험담'의 무서움이다. 뇌의 자율신경계는 문장 속의 '누가'라는 주어를 이해하지 못한다. 따라서 당신이 "○○씨는 건방지다"라고 험담을 하면 자율신경계는 "너는 건방지다"라는 공격을 당했다고 착각한다. 그 결과, 뇌에 대량의 스트레스 호르몬이 분비되어 당신의 몸과 마음은 상처를 받게 될 것이다. 말은 어떤 약보다 뛰어난 효과가 있지만, 때론 독이 되기도 한다. 그만큼 엄청난 존재다.

대뇌생리학적 관점에서 '말의 영적인 힘'의 비밀을 살펴보면 재미있는 사실을 알게 된다. 어떤 거짓말도 백 번 천 번 반복하면 '진실'이 된다는 것이다. 거짓말이라는 것에 위화감을 느낀다면 꿈으로 바꿔보자. 어떤 꿈이라

도 백 번 천 번 입에 담으면 마침내 실현된다. 말은 당신
의 소망을 이뤄준다.

당신이 일상에서 아무렇지도 않게 쓰는 말은, 그대로
당신의 의식이 되고 당신의 세계상을 만든다. "나는 멋
진 여자다" 이런 자아 이미지는 그것을 형성하는 토대가
된다.

가볍게 뽑아 본 토미오의 말에 대한 글들인데, 이 글
을 인용한 이유는, 내가 어릴 때부터 어머니께 들은 여
러 가지 말의 진실들이 새로운 언어로 나타나 있기 때
문이다. 그렇다면 나는 말에 관한 교육에는 유감없이 훈
련되고 학습되었어야 하는데 영 그렇지가 못하다. 중얼
거리거나 속으로 우물거리고, 늘 말해야 할 순간을 놓쳐
말을 꿀꺽 삼키는 버릇이 여전하며, 할 말은 많다고 하
면서 한마디도 살아 있게 내뱉지 못한다. 제대로 만족
할 만큼 남에게 말한 적이 없다. 속으로 씹었다. 남들에
게는 푸르게 살아 있는 말을 강조하면서 나 자신은 말을
죽인다. '말의 자살……' 내가 그 장본인이 되고 마는

것이다.

그러면 어머니의 그 오랜 학습은 다 어디로 간 것일까. 그것의 해답은 바로 나에게 있다. 내가 그 말의 진실을 거부했거나, 내 안으로 들어오지 못하게 했다. 나에게는 통하지 않는다고 내 몸과 혼을 빼버린 것이다. 어머니를 정면으로 부정했을 수도 있다. 그러나 조금은 내 안에 스며들어서 말에 대한 금언들을 만나면 화들짝 놀라며 어머니를 떠올린다. 현실에서도, 독서를 할 때도 군데군데에서 어머니를 만나는 것이다. 그리고 내가 던지는 말의 뿌리에는 분명 어머니가 있다는 것을 느낀다.

"중얼거리지 말고 분명히 말해라, 큰 소리로 말해라, 그래야 하늘도 듣고 땅도 듣지."

토미오의 이론은 어머니의 뿌리 그 어디쯤이다. 그래서 나는 오늘도 소리 내어 기도하고, 좀 더 큰 소리로 "감사합니다"를, "반갑습니다"를 말한다. 이것이 내 문학의 첫 번째 법칙이다.

상처받는 마음의 위로는 어디에서 오는가. 가장 부드럽고 따뜻한 말 한마디에서가 아닐까. 삶의 화두는 '위로'에 있다. 누구나 신음하는 가슴이 있기에, 건강하고

자신감 넘치며 멋진 능력을 가진 사람도 사실은 위로가
필요하다. 생명은 그 원초적 외로움이 피에 흐르고 있으
므로……

  그런데 입버릇이나 말버릇이 복을 부르는 애매한 기
대감으로 그치면 너무 독선적이며 속 보이는 일이다. 좋
은 말버릇이나 바람직한 입버릇으로 마음의 평화와 정
신적 안정이 왔을 때 일에 대한 의욕이나 최선을 향해
나아가고자 하는 의지가 솟구친다. 이것이 말버릇, 입버
릇의 효과적인 힘일 것이다.

  그러므로 오늘 나는 너에게 말을 건다. 따뜻하게 소리
내어 아주 부드럽게 하늘에, 구름에, 나무에, 거리에, 운
동장과 그리고 모든 사람에게……

3장

길이 끝나는 곳에서
부르는 노래

겨울, 봄을 기다리며

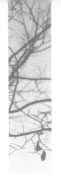

들풀이 고통을 견디며
꽃을 피우듯이

너에게 묻는다.

"인생이 무엇이니?"

네가 대답했다.

"귀찮은 거요. 하라는 것이 너무 많아요."

너의 대답엔 장난기도 있었지만 어떤 면에서는 정답
이기도 하다. 사는 일은 정말이지 해야 할 일이 너무 많
다. 공부도 청소도 심부름도, 거기다 어른이 되면 사람
과의 관계는 또 얼마나 복잡한가. 그러니 할 일이 너무
많다는 것은 일면 맞는 말이다.

사는 것에는 왜 그렇게 일이 많을까. 하고 싶은 일도

있지만 하기 싫은 일이 더 많다는 게 문제다. 그런데 세상은 이렇게 말한다. "하기 싫은 일을 정말 해야 한다"고, 여기에 인생이 있는 거라고 말이다. 나도 동의한다. 언젠가 내가 말했다. 하기 싫은 일 속에도 숭고함이 숨어 있다고. 생각해 보라. 들판에 있는 어린 풀잎 하나도 해야 할 일이 많다. 비도 바람도 눈도 폭풍도 다 견뎌야 하고 그 와중에 잎도 열매도 맺어야 한다. 그 여린 들풀 하나도 견뎌야 하는 게 이처럼 많은데 하물며 이보다 훨씬 복잡한 우리의 삶에는 귀찮고 하기 싫은 일이 얼마나 많겠는가. 그럼에도 들풀이 그런 시간을 견디며 꽃을 피우듯, 우리의 삶 또한 그런 지난한 시간을 견뎌 낼 때 행복을 찾을 수 있지 않을까? 그럴 때 그 행복의 가치가 훨씬 크고 달콤할 것이다.

아침에 약간의 비가 내렸다. 중요한 일이 있는 너는 예감이 별로 좋지 않다고 생각한다. 왜 하필 비야? 그러나 오늘 하루, 중요한 일이 없는 사람이 어디에 있겠는

길이 끝나는 곳에서
부르는 노래

가. 어떤 사람은 아침에 비를 보며 어제의 먼지를 깨끗하게 씻어 주는 좋은 징조라고 생각할 수도 있다.

'그 사람의 생각이 그 사람의 인생을 만든다'라는 말로 인생이 무엇인지 이야기해 보려 한다. 조금 싱거운 대답부터 하면 인생은 답이 없다는 것이다. 답이 없으므로 해석하는 사람이 살아가는 저마다의 삶이 답이 될 수 있다. 오늘 아침을 먹는 것도, 치아를 닦는 것도, 아침 인사를 하는 것도, 전화를 거는 것도, 거리를 걸으며 휴지 하나를 줍는 것도, 신문을 읽으며 세상을 바라보는 것도 모두 답이다. 너는 오늘 하루를 어떻게 시작했는가. 오늘이 있어 내일이 있고, 그런 날들이 모여 인생이 된다고 할 때 결국 우리 삶의 태도가 인생의 답이며 결론인 것이다.

우리는 인생이라는 학교에 다니고 그 채점은 인생이 끝날 때 하느님이 하시게 될 것이다. 결코 인생은 낙제 점수를 보완할 수 있는 재등록을 허용하지 않는다. 자신이 살아온 그 삶 그대로가 인생의 점수이다. 엄격하게 말하자면 이것만 한 것도 없다. 단 한 번뿐이기 때문이다.

예를 들어 보자. 어느 사막에서 화가가 단 한 장의 종이를 가졌다면, 그림을 그리고 싶은 욕망이 타오른다고 아무렇게나 그림을 그릴 수 있겠는가. 그럴 수 없을 것이다. 그리고 싶은 욕망을 자제하고 자신을 낮추고 진정으로 자신이 그려야 할 가장 소중한 것을 그리는 데 총력을 기울일 것이다. 천 가지를 모두 버리고 한 가지를 그려야 한다. 그 종이 한 장에 천 가지의 욕망을 압축해서 그리는 것이 그 화가에게는 가장 중요한 일이다. 최대한의 생략을 미덕으로 그림을 그리는 데 많은 시간을 바칠 것이다. 모든 시간이 준비기간이고, 결국 그가 원하는 그림을 그릴 수 없을지도 모른다. 그러나 실패는 아니다. 설령 그가 그림을 그리지 못했다 하더라도 최선을 다했으므로 아름다운 인생을 살았다고 말할 수 있다.

단 한 번 허용된 인생을 천 가지로 표현하려고 하지 마라. 천 가지를 다 하려는 그 욕망을 더 큰 에너지로 만들어서 진정으로 하고 싶은 일에 매진하는 즐거움을 가져야 한다.

인생이란 요약하지 못한다. 제아무리 천재라 해도 요

약해서 살진 못한다. 아주 작은 골목을 지나고 야산을
오르고 쓰러지고 넘어지고, 그래도 다시 오르며 발이 부
어 상처투성이가 되었을 때 드디어 정상에서 황홀을 맛
볼 수 있다. 감정의 높은 파도든 굴곡진 길이든 오직 자
신이 철저하게 감당해야 한다. 슬픔도 좌절도 공포도 그
리고 희열과 기쁨도 모두 거쳐 올라야 비로소 인생의 정
점을 만난다.

너는 인생을 믿는가. 생이란 정신병자 같거나 기억상
실증에 걸리기도 하며, 난폭하여 느닷없이 따귀를 얻어
맞을 때도 있다. 용케도 너를 속여 인생을 멀미나게 하
려는 의도를 품은 자가 어디엔가 숨어 있는 것 같은 배
신도 느끼게 될 것이다. 또한 멀미 같은 것, 원하지 않은
것들이 태산처럼 등을 무겁게 내리누르는 경우도 있을
것이다. 너는 피할 수 있는가? 누구야! 하고 소리치면
대답하는 것이 있겠는가? 아무도 없다. 어쩌면 그렇게
하는 실체의 그림자는 자신일 수 있을 테니.

그렇다. 인생을 멀미나게 하는 그 폭력자도 우리가 받
아들여 사랑하는 수밖에 없다. 인생의 광장은 친교장
이다. 다 사귀고 끌어안고 살을 비비다 보면 그 폭력으

115

로부터 솟아오를 수 있을 것이다. 피를 나눈 사람들, 살을 섞은 사람들끼리는 관계가 더 진지해진다. 진지하므로 서로 상처가 되기도 한다. 상처의 공장은 그곳으로부터 일어나는지도 모른다. 그러므로 더욱 사랑하지 않으면 안 된다. 주기만 하고 받는 것은 잊어버리는 인내를 가져야만 가족이니 사랑이니 하는 것을 지속할 수 있다. 왼쪽 뺨을 때리면 오른쪽 뺨도 내주라는 말도 있지 않은가. 그러나 그게 말이 되나? 인생은 이처럼 말이 안 되는 항목들이 많다. 말이 안 되는 일들을 견뎌 내면 말이 되는 인생이 펼쳐지는 것, 그게 바로 인생일지 모른다.

나는 젊은 날부터 생의 혐오와 생의 황홀이 함께 공존하는지 알지 못했다. 왜 두 개가 필요하냐고 따졌다. 그랬는데 누군가 말했다. 인생에는 몇 번의 죽음과 몇 번의 부활이 필요하다고. 아니 반드시 누구에게나 있다고 말이다. 그래서 어떻게 사느냐를 배우는 데 전 생애를 필요로 하는 것이 아닌가. 인생은 학교다. 만일 우리가 지상의 학교에서 배우지 않으면 천상의 학교에는 진학할 수 없는 그런 학교.

나는 그럼에도 인생은 아름다운 것이라고 말하려 한다. 그렇다, 눈물 나도록 아름다운 것이 인생이다. 우리는 인생이라는 무대에서 자연의 사랑을, 인간의 사랑을, 인간의 의지와 극복의 정신을 만난다. 살다가 인생의 길을 잃었을 때 스스로의 노력으로 새로운 길을 찾는 것, 그렇게 삶을 대하는 자세가 어찌 아름답지 않겠는가. 그것은 눈부시도록 빛나는 아름다움이다. 인생이란 사명감을 가지고 살아야 한다고 나는 말하고 싶다. 자신이 태어나고 스스로 그 인생을 만들어 가는 과정은 인간에게 주어진 큰 선물이기 때문이다.

　어느 날 나는 과일가게 앞을 지나고 있었다. 가게주인은 몇 개의 사과박스를 풀어 놓고는 5천 원짜리 묶음과 만 원짜리 묶음으로 나누고 있었다. 어느 것은 스무 개에 만 원이다. 나는 생각했다. 스무 개에 만 원짜리는 왜 그렇게 되었을까. 그것들도 한 개에 5천 원짜리가 되고 싶지 않았을까?

　사과는 나무에 달린 위치에 따라 좋은 사과와 나쁜 사

과로 나누어진다. 바람과 햇살을 받는 자리에 따라 영양 상태도 달라지고 빛깔도 달라져서 어떤 것은 한 개에 천 원도 되고 두 개에 천 원도 된다. 사과는 스스로 자리를 이동해서 질 좋은 사과로 거듭나지 못한다. 그러나 인간은 태어날 때는 초라하더라도 성장과정에서 얼마든지 다른 환경을 스스로 만들어 갈 수 있다. 조잡한 말이지만 스무 개에 만 원짜리 인간이 한 개에 5천 원짜리로 이동 가능한 것이 인간이라는 것이다. 인생은 오히려 짙은 그늘에서 태어난 그 자체를 내적 힘으로 키우는 사람도 많다. 자기를 변화시킬 수 있는 게 사람이라는 이야기다. 그것이 인생이다. 좌절이나 패배로 낙담하지 않고 제2의 인생을 만들어 내는 또 하나의 작은 하느님이 인간이다.

'행복'이란 단어를 국어사전에 찾아보면 '모든 것에 만족하고 흐뭇한 상태'라고 적어 놓았다. 그런 행복은 순간순간은 올지 몰라도 영원하지는 않다. 그래서 행복은 순간순간을 느끼고 즐거워하고 보람을 찾고 내 인생의 가치를 스스로 높이는 것이다.

모든 것에 만족하고 흐뭇한 상태란 사실 '순간'이다.

그렇다면 정말 다행이다. 그런 순간적인 행복이란 누구나가 언제라도 느낄 수 있기 때문이다. 그러나 중요한 것은 순간이 아니라 평범한 일상이다. 순간 이외의 만족스럽지 않고 흐뭇하지 않은 시간을 어떻게 살아갈 것인가를 생각해야 한다. 우리가 살아 내는 법을 익혀야 한다면 바로 그런 부분에 있다.

나는 젊은 날 도저히 견딜 수 없는 고통스러운 삶을 살아 냈고, 이겨 냈고, 일어섰다. 그 명제가 '지금의 현실을 받아들이는 것이 행복'이라고 생각했기 때문이다. 지금 고통스러운가? 고통스럽다면 거기서 한 단계 뛰어올라 새로운 시간으로 올라가야 한다. 그 한 단계의 시간이 결코 쉽지는 않겠지만 할 수 없는 것은 아니다. 우리는 언제나 오르막길에 서 있다. 한 발자국씩 올라가야 한다. 넘어진다면 일어서야 하고 다시 넘어진다면 또다시 일어서야 한다. 그리고 그 순간의 자기 현실을 껴안아야 한다.

고통스럽더라도 그 현실을 껴안으면 무조건 행복이 되는 것이다. 인생은 그런 것 아닌가. 행복은 불러야 온다. 투정하면 오지 않는다. 부르지 않는데 오는 행복이 어디 있겠는가. 사랑스러운 목소리로 따뜻한 목소리로 행복을 불러 보라. 당신은 이미 행복한 사람이 되어 있을 것이다.

정말 그럴 것이다. 인생은 자기가 하는 만큼 살고, 아는 만큼 살며, 사랑하는 만큼 행복해지는 법이다.

청춘이란 두려움을 물리치는 용기

안이함을 선호하는 마음을 뿌리치는 모험심을 의미한다

요즘 자주 인용하는 시의 일부이다. 사무엘 울만은 '청춘'을 두고 이렇게 노래했다. '용기와 모험심.' 그렇다, 청춘은 이 두 마디로 요약되기도 할 것이다. 그러나 이 시가 쓰인 지가 이미 오래전이므로 우리는 지금 청춘에 대해 새로운 노래가 필요하지 않을까 생각된다.

그러나 사무엘 울만이 '청춘'의 첫 시작은 "청춘은 어느 기간이 아니라 마음가짐"이라고 말했듯이 누구나 지

진정한 국

그 길을 가겠

금 청춘의 시절을 보내고 있다고 생각하는 것, 그것이 청춘이다. 스무 살에서 죽는 그 순간까지 인간은 청춘을 사는 것이다. 즉 청춘이 아닌 기간은 없다. 백 세를 구가하는 혹은 120세를 구가하는 현시점에서 새롭게 청춘을 이야기한다는 것은 구굿셈을 다시 시작하는 것과 같다.

갑자기 웬 '청춘'인가 하겠지만, 인생이란 돌이켜 볼 때 길다면 길겠지만, 언제나 지금 이 순간이 모여서 이루어지는 것이고 보면 오늘을 어떻게 살아야 할 것인가는 언제나 중요한 문제일 수밖에 없다. 그 오늘을, 그 지금을 이렇게 청춘처럼 살아야 한다고 말하고 싶다.

그러나 이런 생각이 처음부터 있었던 것은 아니다. 내가 20대였을 때는 마흔만 넘어도 인생을 다 살았던 걸로 생각했었다. 더 솔직하게 말하면 그것은 인간의 나이가 아니라고 생각했었다. 그리고 나는 20대를 뼈아픈 고통과 시련으로 혼자 앓았다. 되는 일 없고, 가진 것 없는 20대를 누가 훔쳐 갔으면 하고 생각할 때도 있었다. 젊음이 밑천이라고 말하는 어른이 미웠다. 그래? 그렇다면 당신이 가져가라! 이렇게 외친 적도 있었다. 마음의 시련이었다. 오히려 나는 20대에 용기와 모험심을 잃고 슬퍼하고 외로워하고 사는 것이 고통이라고 말하고 다녔다. 무엇을 안다고 그런 헛소리를 하고 다녔는지 모르겠다. 그러고는 "나는 알 것은 다 안다. 내가 모르는 것이 도무지 어디에 있단 말인가" 하고 떠벌렸다. 가르치기만 하려는 어른들이 너무나 답답했던 시절이 내게도 있었다. 죄송한 일이지만 내 어머니 아버지에게도 내가 뭔가를 가르쳐야 한다고 생각했고, 더 웃긴 일은 학교 선생님도 참으로 답답한 덜 익은 고집쟁이로 생각했다는 것이다. 건방지게도 어른들을 내 허리 아래로 끌어내리는 망발을 저지르면서 그것을 꿈이라고 해석하곤 했다.

어른들이 다 웃겼고 나를 모르는 사람들은 다 바보 같았다. 그런 덜떨어진 우월감이 또한 청춘이기도 했을 것이다. 오히려 우리가 알고 있는 청춘의 시기란 20대라고 생각한 그것부터 잘못이었다. 건방지게도 나는 30대가 되면서 청춘이 다 지나갔다고 말했으니까.

용기와 모험은 다 어디에 두고 너무 일찍 저 멀리 있는 인생의 근심들을 잡아당겨서 괴로워했으며, 무엇인지도 모르면서 슬퍼하고 눈물 흘리고 고통스러워하고

허무해했는지. 그래서 나는 부모님의 돈으로 밥을 먹었
으면서 스스로 벌어서 학교에 다녔던 어느 선배가 무엇
이 괴로우냐고 따졌을 때 나는 당당히 말했었다.

"미래가 보이지 않아요."

코미디가 따로 없는 이런 설익은 자신과의 싸움이 결
국 청춘이라는 이름으로 시작하는 것이 아닌가 생각한
다.

"미래는 아무도 볼 수 없단다." 누가 다정하게 가르쳐
주는 사람은 없었다. 미래란 바로 지금 이 시간이 미래
를 보는 거울이라고 나는 단정한다. 겉모양이 아니라 바
로 지금 이 시간의 정신이 미래라고 말할 수 있을 것이
다. 무조건 용기와 모험심을 가지라고 하면서 사람에 따
라 그것에 어떻게 접근하고 친숙해지는지 그 방법은 아
무도 가르쳐 주지 않는다. 그래서 홀로 넘어지면서 일어
나고 다시 넘어지면서 일어났던 그 시절이 결국 청춘이
라는 실상이 아닌가 한다. 삶이란 가슴 벅차게 뛰고 설
레고 온몸에 팽팽하게 근육이 꿈틀거리는 환희 같은 것,
그것을 찾아내는 광부가 청춘이다. 그리하여 우리는 영
원히 청춘이다. 삶은 그렇게 늘 진행되는 것이므로.

장미의 용모, 붉은 입술, 나긋나긋한 손발이 아니라

씩씩한 의지, 풍부한 상상력 불타오르는 정열을 가르

친다

청춘이란 인생의 깊은 샘의 청신함을 말한다

사무엘 울만의 〈청춘〉처럼 청춘은 나이가 아니라 스스로 가지는 마음이며 정신이며 행동이다. 그래서 인간은 청춘으로 죽는다. 생을 인정만 한다면, 살아간다는 것은 영원히 공부라고 생각한다면, 살아간다는 것은 영원히 감사라고 생각한다면 말이다. 누구나 마음 안으로 생기 넘치는 인생의 환희가 눈부시게 솟아나고 있으므로. 그렇게 넘치는 환희의 강기슭에 우리들의 삶이 존재하므로…….

나는 말하고 싶다. 만약 신이 위대한 인물을 가끔 출현시키지 않으면 신이 기적을 행한다고 어찌 말할 수 있겠는가. 가끔 출현하는 그 위대한 인물이 바로 너 자신이라는 것을 믿어야 한다. 그래 바로 너다.

신달자 감성 포토 에세이

겨울, 침묵의 시간

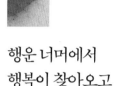

행운 너머에서
행복이 찾아오고

울컥! 열다섯. 나는 여리고 아팠다. 그리고 행운은 나와 인연이 없었다. 내 눈에 행운은 장난인지 진심인지 자신을 숨기고 있는 듯했다.

내가 다닌 중학교는 언덕에 자리 잡고 있었다. 학교의 뒤쪽은 넓으면서도 야트막한 언덕이었는데 우리는 그 언덕을 뒷동산이라 불렀다. 그곳은 온통 클로버밭이었다. 빈틈없이 들이부은 듯한 클로버밭에는 날이 따뜻해지면서 클로버 꽃이 피기 시작했다. 우리는 그곳을 행운밭이라고 불렀다. 시간만 나면 우리는 우르르 행운밭으로 몰려가서 네잎 클로버를 찾았다. 그러나 숨바꼭

질 같은 행운 찾기는 이상하게도 내게는 와 주지 않았다.

이것 봐! 찾았다! 나도 찾았다! 친구들은 네잎 클로버를 들어 올리며 흥분하곤 했었다. 어떤 친구는 세 개, 어떤 친구는 두 개를 찾아 세상을 다 가진 듯 두 손을 머리 위로 흔들곤 했다. 마치 운동경기에서 금메달을 받은 선수처럼 그들은 두 손을 치켜들고 애국가라도 부를 듯했다. 그때마다 나는 절망했고 좌절했다. 친구들은 그렇게 쉽게 찾아내는 네잎 클로버가 나에겐 왜 하나도 보이지 않았을까. 정성 들여 눈을 크게 뜨고 그리도 세심하게 찾았는데 그 행운은 내게 왜 오지 않았던 것일까. 나는 절망했고 이상하게도 불안했다.

학교에 다닌 3년 동안 나는 행운을 접하지 못했다. 그래서 나는 '행운이 없는 아이'로 스스로 생각했고 그 뒷동산을 미워하고 거부했다. 우울했고 의욕조차 사라졌다. 스스로 희망은 '없다' 쪽으로 몰아가는 나를 발견했다. 소풍 가서 보물찾기를 할 때도 이미 나를 '못 찾는 아이'로 결정해 버렸기에 노력도 하지 않았다.

보물찾기에 성공한 아이를 보면 저 아이는 행운을 잡

은 아이라고 생각했다. 반대로 나는 아니라는 생각이 지배적이었다. 그런데 기회가 왔다. 여중 졸업반 때 학예회를 하게 되었는데 선생님이 무대를 꾸미는 것을 같이 하자고 하셨다. 아무것도 없는 교실을 무대로 꾸미는 일은 선생님이나 나나 쉽지 않았다. 나는 소품을 우리 집에서 가져오기로 했다. 아버지께 말씀드려 병풍과 기름 등잔을 가져와 병풍을 배경으로 두고, 책상 위에는 은은하게 불을 켰다. 그리고 교실 불을 끄니 제법 분위기가 살았다.

무대는 그렇게 단순했다. 그러나 목소리는 다양했다. 시를 읽는 아이, 독창을 하는 아이도 있었고, 어른들에게 직접 말하지 못하는 것을 몇 명의 아이들이 독백 형식으로 말하는 무대도 꾸몄다. 장래 희망을 발표하는 시간도 넣었다.

"나는요, 선생님이 될 낍니더." 그렇게 말하고는 혼자 낄낄 웃다가 우는 아이도 있었다. 그 아이는 후에 선생님이 되었다. 그때 스스로 말한 그 마음을 책임지기 위해 노력했던 것이다. "나는요, 부자가 될 낍니더. 가난이 너무 싫어서요." 그 아이는 후에 약사가 되었다. 어떤 아이는 "나는요, 좋아하는 남자하고 결혼하고 싶어요" 하고 말해 좌중을 웃겼다. 지금 생각해 보면 어수룩하기 짝이 없었지만 그 전과는 뭔가 다른 분위기라 신선했다. 선생님은 "니한테 그런 머리가 있었나, 마 잘했다" 하고 나를 칭찬해 주었다. 연출이 나름 성공적이었던 것이다. 칭찬을 들은 후 나의 마음은 조금씩 달라지기 시작했다.

사람들에게 행운이란 균형을 이루는 것인데 나의 행운은 아직 시작되지 않았다고 생각했다. 내 친구들은 이미 행운을 몇 개 찾았지만 나는 아직 하나도 찾지 못했으므로 나의 행운은 그대로 남아 있다고 말이다. 어쩌면 우리는 지나치게 행운에 집착하는지 모른다. 네잎 클로버를 수첩에 넣고 다닌다고 행운이 그냥 오겠는가. 행운이야말로 노력 다음에 오는 것이 아니겠는가.

세잎 클로버의 꽃말은 '행복'이다. 중학교의 뒷동산에는 세잎 클로버가 쫙 깔려 있었다. 그러나 누구도 그 행복은 본체만체하고 네잎 클로버만을 찾았다. 행운만을 탐욕스럽게 찾아 헤맨 것이다. 내 앞에도 옆에도 뒤에도 널려 있는 행복을 못 본 체했으므로 행복은 없는 것이나 마찬가지인 것이 되어 버렸다.

세잎 클로버의 꽃말이 '행복'이라는 것을 알았을 때 나는 생각했다. 내 주변에 널려 있지만 내가 발견하지 못한 것, 그것이 진정한 행복일 것이라고. 우리는 보이지 않는 행운을 찾느라 눈이 빨갛게 충혈되면서도 바로 앞의 행복은 대접하지 않는다. 그런 사람에게 어떻게 행운이 오겠는가. 어린 시절, 그래도 '나에겐 아직 행운이 남아 있다'고 자부심을 가졌던 것은 지금도 기특하게 생각되곤 한다. 그때 내가 네잎 클로버를 찾아서 행운을 내 것으로 인정받았다면 나는 아무래도 덜 노력했을 것이다. 이미 행운은 내 것이라 믿었을 테니 말이다.

'책은 사람을 만든다'라는 말이 있다. 까짓 종이 묶은 것이, 글자 몇 개가 사람을 어떻게 만드느냐고 생각할 수도 있다. 그러나 나의 경우엔 그야말로 책이 나를 만들었다고 해도 과언이 아니다. 그렇다고 어린 시절부터 책과 살았던 것은 아니다. 고향의 분위기는 6·25전쟁 직후 책을 가까이할 수 있는 여건이 되지 못했다. 교과

서 이외의 책은 보기 힘들었고 또한 책을 읽고 싶어 하지도 않았다. 책을 필요로 하는 어떤 계기도 그 당시는 일어나기 쉽지 않았다. 여중 시절 연애편지를 쓰기 위해 친구 집에서 책을 빌려 읽다가 김소월의 시집을 몽땅 베껴 마치 내 말처럼 절절하게 썼던 기억 말고는 책을 읽어야 할 어떤 목적도 필요성도 없었다.

책보다는 먹는 것이 우선이었고, 학교에서나 집에서나 친구들과 어울리는 것이 그 시절의 전부였다. 그리고 나는 여고 1학년이 끝나고 부산이라는 도시로 전학을 가게 되었다. 좀 더 넓은 곳에서 공부해 어떤 인물이 되라는 어머니의 소망이 담긴 전학이었는데 나는 영 재미를 느끼지 못했다.

나는 한의원 집에서 하숙했는데, 그 집에는 마흔이 넘은 이혼남 외아들이 있었다. 약간 정서적으로 불안해 집에서 요양했는데 하루 종일 음악만 들었다. 시골에서 살다가 온 나는 그 음악 때문에 거의 미칠 지경이었다. 나중에 안 일이지만 모차르트, 베토벤, 바흐 뭐 이런 음악이었고, 당시에 그런 음악들은 내게 어떤 감동도 주지 못하고 머리만 아팠다. 음악 소리는 밤이 되어도 그치지 않았고 어쩌다가 새벽에 눈을 떴을 때도 여전히 음악 소리가 흘러나왔다.

나는 음악 소리 때문에 잠을 이룰 수 없다고 하숙집에 말했다. 그러나 그것만은 하숙집 할아버지도 할머니도 어쩔 수 없는 일이라고 했다. 음악을 못 듣게 하면 더 발작을 일으킨다는 것이다. 그 남자는 음악을 하던 여자와 사랑하다 결혼했는데 그 여자가 결혼 석 달 만에 갑작스럽게 죽었다고, 그래서 그 부인과 듣던 음악을 듣지 않으면 자해도 하고 자살 소동도 벌인다고. 하숙집을 바로 옮기려고 했으나 이런저런 사정으로 쉽지 않았다.

얼마 후 나는 가까이에 서점이 있는 하숙집으로 옮기게 되었다. 일부러 서점 가까운 하숙집을 찾은 것은 아니고 어쩌다가 가게 된 것이었지만, 결국엔 내 쉼터요 피난처가 되었다. 서점이 집에서 가깝다 보니 자주 드나들게 되었고 서점 아주머니와도 친하게 되었다. 서점 아주머니는 언제나 날 반겨 주었고 고구마를 찌면 남겨 두었다 주곤 했다. 책은 어쩌다가 사는 대신에 서점의 책을 마음껏 읽기 시작했다. 아주머니는 새 책이 나오면 읽어 보라고 빌려 주기도 했고 좀 오래된 책은 그냥 주

기도 했다. 그렇게 책을 읽고 책을 좋아하면서 책이 친
구가 되면서 음악 소리도 서서히 멀어지는 듯했고, 그
음악 소리는 내 귀에서 무심하게 흐르게 되었다.

　그런데 이상한 일이 일어났다. 책을 읽으면서 하숙집
아들이 듣던 그 음악들이 내 마음속에서 살아나기 시작
했다. 그렇게 지겨워하며 그 소리를 듣지 않으려고 하숙
집까지 옮겼는데 어떻게 내 마음에서 몸에서 다시 살아
나기 시작한 것일까. 책은 내 안에 저장된 그 어떤 소리
도 다시 기억하게 만드는 힘이 있었던 것은 아닐까 하는
생각도 들었다.

　책을 좋아하게 된 이유가 또 하나 있다. 전학을 올 때
아버지는 내게 일주일에 편지 한 장씩을 써서 보내면 용
돈을 조금씩 올려 준다고 하셨다. 나는 용돈에 대한 욕
심으로 서점에서 명언집을 세 권이나 빌려서 그것을 거
의 다 베꼈다. 그리고 편지 속에 조금씩 인용하기 시작
했는데 처음에는 '누가 말했다'로 쓰다가 서서히 누가
말했다는 것은 쏙 빼 버리고 내가 말한 것처럼 편지를
쓰기 시작했다. 내가 봐도 근사한 편지였다. 아버지는
내 편지를 들고 동네에 모두 자랑을 했고 동네 사람들은

큰 인물이라도 난 듯 칭찬을 했다고 전해 들었다.

물론 내 용돈은 날로 늘었다. 이번 달 용돈이 남았는데 다음 달 용돈이 도착하곤 했다. 용돈이 올라가면서 아버지가 내게 거는 기대도 함께 높아 갔다. 아버지는 내가 세상에서 가장 유명한 소설가가 될 것이라고 친구에게 말했다고 한다. 이렇게 편지를 잘 썼는데 뭐가 안 되겠느냐고 하시면서.

아마도 아버지는 그때 딸이 노벨문학상이라도 받을 것으로 생각했는지 모른다. 그러나 대학에 오면서 나의 베껴먹기는 끝났다. 문학이라는 것을 배우기 시작했던 것이다. 창작이 괴로운 만큼 기쁨도 큰 것이라는 것을 배우기 시작했다. 그러나 중요한 것은 그때의 책 읽기를 통해 내 생각과 새로운 세계들이 생겨났다는 것이고, 결국은 그것들이 나를 시인의 길로 이끌었다고 믿는다. 국문과를 갔으므로 자연스럽게 책을 읽는 기회가 많았고, 그로 인해 나는 모든 인간적 고통을 견디는 인내와 강인한 정신을 얻었다.

독서가 필요한 것은 젊은이뿐만이 아니다. 어린아이
든 나이가 든 사람이든 독서는 우리가 처해 있는 힘든
환경을 돌파하는 지혜를 발견하게 한다. 지금 우리는 강
력한 영상문화 속에서 살아간다. 10대나 20대는 더욱
그 정도가 심하다. 영상문화는 속도가 빠르고 재미있고
시간을 보내기는 수월한 면이 있으나, 감각적이고 순간
적이고 충동적인 면을 강하게 유발하는 성질을 띠고 있
다. 이런 성질은 자신을 다스리는 면에서도 같은 방식으
로 반응할 수 있다는 우려를 낳기도 한다. 보는 문화의
단점이라고 말할 수 있다.

　활자를 보는 것, 책을 읽는 일은 당장 무슨 도움이 될
까 싶지만 분명히 삶의 지혜를 배우게 될 것이라고 믿는
다. 살다 보면 인생에서도 겨울이 올 것이다. 그 겨울을
견디는 힘도 독서에서 올 것이다. 책은 삶을 용서하고
화해하고 사랑하면서 살게 하는 중요한 덕목을 다 지니
고 있다. 나는 아직 책을 멀리하고 책을 우습게 보면서
훌륭한 사람이 된 경우를 보지 못했다. 책이 사람을 만

든다는 것은 그래서 진리가 아닌가 싶다.

예를 들어 여행을 떠난다고 해 보자. 여행을 가기 위해서는 먼저 배낭을 꾸려야 한다. 당신은 거기 무엇을 넣을 것인가? 선글라스를, 비키니를, 그리고 선크림을 넣고, 두어 개의 타월과 가벼운 간식거리와 밑반찬을 넣을 수 있다. 그리고 카메라를 넣고, 한 장의 카드와 지폐를 챙겨 넣는다. 이 정도는 기본이라고 말할 수 있다. 자, 여기서 더 무엇을 챙겨야 할까.

프랑스의 젊은이들은 배낭 속에 제일 먼저 《팡세》를 넣는다고 들었다. 그들의 여행은 책으로부터 시작되어 책으로 끝난다고 들었다. 산과 바다와 숲을 즐기고 노래하지만 그들의 정신적 간식인 《팡세》를 누구도 외면하지 않는다는 것이다.

친구나 혹은 애인과 《팡세》를 가지고 가서 날벌레가 날아다니는 그늘이나 전등불 밑에서 피로한 눈으로 《팡세》를 즐기면 어떨까. 독서의 피로가 어쩌면 당신의 육체적 피로를 가시게 할지도 모르는 일이다. 때로는 진한 키스보다 오래가는 추억이 될 수도 있을 것이다. 여행은 무엇보다 호기심과 자유이다. 늘 가던 곳, 누구나 가는

곳이 아니라 언젠가 꼭 가 보고 싶은 곳을 가는 두려운 길이 좋을지도 모른다. 약간의 공포가 있을지라도 용기로 갖고 떠나는 여행은 꼭 해 볼 만한 것이다.

어제도 한 무리의 젊은이들이 도시를 빠져나갔을 것이다. 오늘도 내일도 젊은이들이 부푼 가슴을 누르며 배낭을 메고 출발한다. 여름은 왠지 건강하다. 아니 겨울도 건강하다. 모두들 호기심과 꿈을 주머니마다 가득 담고 떠난다면, 거기 책이 있는 토론이 있다면 그 여행은 참으로 아름다울 것이다. 여행에서 돌아올 때쯤 발걸음도 제대로 뗄 수 없이 피로할지도 모르지만 정신만은 생생한 기쁨에 젖어 올 것이다. 마치 모든 것이 귀찮은 듯이, 다시는 여행을 떠나지 않는다는 듯이 말문을 닫고 돌아올지 모르지만 하루 이틀이 지나고 걸레같이 늘어진 몸과 정신이 살아나면서 다시 여행을 꿈꾸게 될 것이다. 우리들의 가슴이 뛴다. 두근거린다. 당신은 여행 배낭을 무엇으로 채우시겠습니까?

신달자 감성 포토 에세이

142

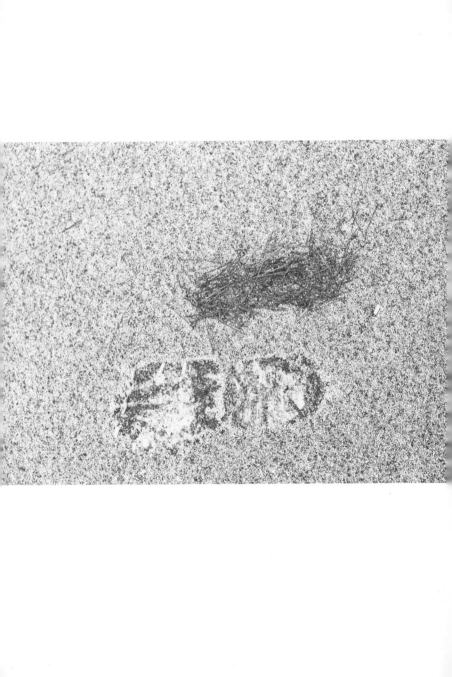

겨울, 자전거의 겨울

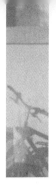

행복으로 가는
마지막 여행

　우리는 누구나 '나' 외에 많은 사물과 사람과의 관계 속에서 살아간다. 모든 사람과 사물에는 각각 이름이 있지만, 더 넓게 혹은 함축적으로 나는 그 모두를 '너'라고 부르려고 한다.

　연인과 친구, 가족, 이웃, 동료까지도 '너'라고 부르기로 한다. 그렇다면 집과 산과 바다는 무엇이라고 부를까. 들과 언덕과 숲은 무엇이라고 부를까. 호수는? 골목길은? 아슴아슴하게 보이는 한강의 야경은? 처음엔 보잘것없이 보이다가 서서히 그 진실의 눈부심을 알게 되는 사람이나 물건은? 산자락에 쏟아부은 듯 피어 있는

원추리의 주황빛 태양은? 나는 그 모든 자연까지도 '너'
라고 부르기로 한다. 각각의 계절과 그 계절마다 생명을
이어 가는 동물과 곤충과 벌레의 작은 생명까지도 말이
다. 또한 학교, 사회, 국가, 직장, 그리고 나와 관계있는
도시와 언젠가 반드시 가 보고 싶은 내가 꿈꾸는 도시를
포함한 그 모든 세계를 나는 '너'라고 부른다.

이렇게 되면 세상에는 오직 '나'와 '너'밖에 없다. 나
는 오로지 하나지만 내가 만나는 모든 대상은 우주의 모
든 것을 함축하여 하나의 '너'가 된다. 풀 한 포기, 빌딩
하나, 사탕 하나, 신발 한 켤레, 영화 한 편, 책 한 권, 그
리고 미국과 중국과 일본도 '너'다.

내가 받은 한 통의 편지, 내가 쓴 엽서 한 장, 그 관계
가 미소로 가득해 보이는 어떤 풍경, 내가 도달하려는
목적지, 내가 사랑하고 싶은 사람, 내가 업으로 생각하
는 일도 한마디로 '너'다.

그뿐만 아니라 우리 마음속의 거대한 세계도 결국엔
'너'에 속한다. 만약 '나'라는 존재가 현실이라면 '너'라
는 존재 역시 현실이다. 그것도 아주 막강한 현실이다.
우리는 이런 현실 속의 '너'를 가지고 있다. 그렇다면 우

리는 얼마나 부자인가. 저 푸른 하늘, 바람, 비, 태양, 달, 구름, 그것도 우리의 것이 아니겠는가. 국립공원과 동네 공원, 그리고 어디든 펼쳐져 있는 길 길 길. 그 모든 것이 우리의 것이며 바로 '너'다. 그것들은 모두 우리에게 무상으로 있는 것이다. 아니, 받은 것이다. '나' 하나가 존재하므로 얻어진 무한량의 것이다.

우리의 삶은 바로 이 '너'를 향해 가는 여행이다. 거기까지 가는 과정을 우리는 삶이라고 부르고 인생이라 부른다. 사람마다 조금씩 다르지만 인간의 수명을 대략 100년으로 본다면 이 글을 읽는 사람이 20대면 80년이 남았을 것이고, 30대면 70년이 남았을 것이라고 가정할 수 있다. 어떤 경우에도 남아 있는 시간을 지겹다고 말하지 마라. 나도 그 시간을 지나오면서 한때는 시간을 지겨워하고 신경질적으로 "왜 이렇게 오래 살아" 하고 투정을 부린 사람이다. 그런데 지금 나는 100살을 살아도 30년이 남아 있지 않다. 지나온 시간을 보면 30년은 아주 빠른 속도였다. 그렇게 훅훅 지나가 버린 시간이었다.

그런데 간단히 생각해 봐도 내가 30년을 살지는 못할
것 같다. 그러면 남은 시간은 뻔하다. 그래서 나는 '오
늘'을 감사하고 귀한 선물로 생각한다. 너무 낡은 이야
기라고 핀잔을 주겠지만 시간의 귀함을 이야기하고자
함이니 용서하기를. 그렇다면 남은 인생의 시간을 어떻
게 살아야 할까. 자신이 꿈꾸는 삶, 인생의 목표에 도달
하고자 한다면 바로 '너'와 잘 사귀어야 한다. '너'와의
관계가 긴밀하고 아름다울 때 우리의 인생도 살아 있고

아름다워진다. 그러므로 언제나 '너'에게 감사하라. 이
것은 거의 명령에 가깝다. 왜냐하면 그 은혜로움의 법칙
을 제대로 지키지 못한 이 못난 인간의 경험에서 처절히
깨달은 진리이기 때문이다.

　외롭다고 생각지 마라. 젊은 날, 나는 외로운 것이 너
무 싫어 그만 죽었으면 좋겠다고 생각한 적이 있었다.
죽음보다 외로움이 더 두려웠던 시절이었다. 그래서 결

혼을 했고, 엄마가 되었고, 친구도 많아졌지만 그 외로움은 조금도 덜어지지 않았다. 그러면서 든 생각은 외로움이란 생명의 그늘이 아닐까 하는 것이었다. 결코 살아서는 덜어 낼 수 없는 내 몸의 내장 같은 것이라고. 그러나 그렇게 생각해도 그 외로움은 언제나 같은 무게였다.

나는 외로움과 친해지려고 노력했다. 내 밥의 절반을 먹이면서 그 외로움을 키웠다. 그러면서 알게 된 것이 있다. 외로움이란 가끔 짐승처럼 힘이 세지고, 가끔은 뿔을 들이대는 싸움소처럼 돌변하기도 하지만, 때로는 순한 양같이 되기도 하고, 내가 부드럽게 부르면 온순하게 대답하기도 한다.

외로움은 그때 이후로 늘 나와 같이 산다. 그 외로움이란 것이 나의 영원한 동반자고 동행자며 나의 내적 힘이라고 생각한다. 나는 나의 외로움을 '외롬'이라고 부른다. 소리 내 외롬아! 하고 부르기도 한다. 나와 같이 밥을 먹고 같이 잔다. 그렇다고 너무 쉽게 보면 안 된다. 나하고는 잘 어울리지 않을 것 같지만 만나고 싶고, 가까워지기를 희망하는 대상이기를 바랄 뿐이다.

그리고 그 대상 때문에 나는 나를 지키며 기쁘고 즐

겁게 사랑하며 희망을 놓치지 않고 살았는지 모른다. 나는 자주 감사의 기도를 드리는데 우리의 '너'에게 가장 큰 감사를 드린다. 마치 없는 것처럼 잘 잊어버리고, 있되 별 의미가 없어 보이는 그 중대한 '너'에게 뜨겁게 감사를 하는 새벽을 나는 사랑하고 좋아한다. 그것이 지금 삶의 믿음이며 자세이기도 하다.

그래서 나는 가끔 '너'를 사랑한다고 외친다. 그것은 내가 사는 악이며, 절망이며, 그리고 희망까지 포함된 사랑이다. 그렇게 외치고 나면 악과 절망은 사라지고 사랑과 희망이 남는 경험을 한다. 그러니 더욱 그리워해야 할 것이다. 그리운 대상을 만나기 위해서는 말이다.

나에게 기적 같은 건 없었다. 만약 있다면 그것은 내가 존재한다는 것, 그것이야말로 최대의 기적이었다. 불안한 삶이라는 굴레에서 이만큼 살아 냈으니 나도 괜찮은 행운아가 아닌가 하고 생각한다. 외롬이를 데리고 열심히 충실히 삶의 길을 가노라면 내 인생의 끝자락에는 든든한 보호자였던 '너'가 있을 것이다. 나는 그것을 믿는다.

사실, 나는 늘 삶에게 투정을 부리고 살긴 했지만 내

무의식 속에는 희망이 작동하고 있었다. 그러니까 나는
심리적으로 긍정 수치가 높은 사람인 셈이다. 참 이상
한 일이지만 긍정 수치가 올라갈 때 머릿속이 환해지면
서 창조적인 아이디어가 떠오르곤 했다. 그 사람을 만나
자, 그 일을 하자, 그곳에 가 보자, 그에게 이 말을 꼭 하
자, 날마다 그 길을 걷자 등등, 나는 두뇌 회전에 긍정의
등불을 켜고 무엇인가 두 손이 뜨거워지는 경험을 많이
했다. 적어도 나에게는 "부정은 부정을 낳고 긍정은 창
조를 낳는다"는 말이 옳은 것 같다. 그러나 이 말이 어찌
내게만 옳겠는가.

　라틴어로 희망을 '틱바'라고 한다. 틱바는 '밧줄'이라
는 뜻인데 그렇다면 결국 밧줄을 타고 오르는 것이 희
망이라고 볼 수 있다. 밧줄을 타려면 두 팔의 힘이 좋아
야 한다. 나는 그 힘을 얻는 비법이 바로 긍정의 힘이라
고 생각한다. 이런 이야기는 너무 흔한 이야기지만 그럼
에도 언제나 되새겨야 할 말이라고 믿는다. 긍정의 힘은
자신의 기본 저력을 뛰어넘는 기적의 힘이라고 말할 수
있다. 기분이 아주 좋은 날 믿기지 않은 큰일을 해내는
힘, 바로 그것이다.

어느 중학교에서 강의를 할 때의 이야기다. 나는 학생들에게 세상에서 제일 큰 것이 무엇인지 아니? 하고 물었다. 지금까지 내가 말한 '너'라는 그 모든 것들 중에서 가장 큰 것을 말하라고 하면 무엇이라고 답하겠느냐고.

어떤 학생은 우주라고 말했다. 그래, 맞는 말이다. 우리에게 가장 큰 것 중 하나가 '하늘과 땅'인데 그것이 맞는 말이라면 우주가 가장 큰 것인지 모른다. 어떤 학생은 바다라고 했다. 그것도 맞는 말이다. 바다는 끝이 없으니까, 그건 누구도 들 수 없는 대상이다. 땅이라고 하는 것도, 산이라고 하는 것도 모두 다 맞는 말이다.

그런데 어떤 학생이 '마음'이 이 세상에서 제일 크다고 말했다. 보이지도 않고 냄새도 없고 무게도 없는 그 마음이라는 소리를 들을 때 가슴이 쿵하는 소리를 냈다. 내 가슴이 먼저, 내 심장이 먼저 "그래 그거야!" 하고 말하는 것 같았어. 그렇지, 마음이라는 것보다 더 큰 것이 뭘까. 우리는 그 마음으로 내가 도저히 지켜 낼 수 없는 모든 것을 해낸다. 그것이 긍정의 힘이라는 것이다.

그러나 나는 학생들에게 "그래, 마음이야. 마음이 이

세상에서 가장 큰 것이야" 하고 말하지는 않았다. 세상에서 가장 큰 것을 결론 내리기에는 그 학생들은 너무나 어렸다. 아직 읽어야 하고 먹어야 하고 사랑해야 하는 일이 많이 남았다고 생각했기 때문이다. 나는 말했다. "앞으로 마음보다 더 큰 것을 만나는지, 아무리 살아 봐도 마음이 제일 큰지, 눈 똑바로 뜨고 열심히 살기를. 그리고 마음이 얼마나 크고 무겁고 귀 기울여야 하는 대상인가를 잘 살펴보도록." 나는 그렇게 말하고는 강의를 끝냈다.

그때의 아이들이 자라서 마음보다 큰 어떤 것을 만났는지, 아니면 여전히 찾아가는 과정에 있는지는 모를 일이지만, 적어도 그런 생각을 하면서 살고 있다면 난 그것으로도 의미 있는 일이라고 생각한다. 자신을 믿고 긍정하고, 그래서 마음으로 세상을 바라보고 이해할 수 있을 때 마음이든, 그보다 큰 어떤 것이든 만날 수 있을 테니 말이다.

4장

—

아, 너를 만났다

봄, 아이의 동그라미

사랑으로 새긴 이름,
우리 범수

"걸어라. 걸어라. 걸어라."

이것은 새해에 내가 나에게 약속한 일대 명제이다. 게으르기 짝이 없는 나는 가능한 짧은 거리도 택시를 타고 다녔고, 어디에서든 적당히 앉아 있는 것을 즐기느라 결국은 무릎에 이상이 생기고 말았다. 덕분에 4박 5일 병원 신세를 지면서 그동안 몸이 너무 편한 생활 습관을 반성하게 되었고, 새해에 꼭 지켜야 할 생활 계명을 '걸어라'로 정한 것이다.

그때의 각오를 지금까지 잘 지키고 있느냐고 묻고 싶은가?

묻지 않는 것이 좋을 듯싶다. 내가 나에게 큰 대접이라도 하듯, 그래 좀 걸어 줄게 하고 생색을 내면서 조금씩 걷는 정도가 전부다. 스스로 생각해 봐도 정말 한심하다. 그래도 그런 약속을 한 이후에는 의식적으로라도 걷는 습관을 들이려 노력하는 편이다.

어제는 탄천을 걸었다. 집에서 가까운 강남 구립 스포츠센터만 돌면 바로 탄천이다. 탄천에는 가깝게 강이 흐르고 주변엔 나무와 꽃들이 반겨 준다. 때가 되면 억새가 흔들리고 가끔은 꿩의 울음소리도 들려온다. 겨울이면 강 위에서 오리 가족들이 물장난을 하고 가끔은 얼음 위로 올라와 햇살을 받기도 하는 아름다운 곳이다. 의자들이 군데군데 있어 걷다가 힘들면 앉아 쉬어 가도 좋다. 길의 끝에서 오른쪽을 택하면 양재천으로, 왼쪽을 택하면 분당으로 가는 길이다. 아직 그렇게 멀리까지 가 보진 않았지만 걷는 코스로 말하자면 아주 근사한 산책길임에는 분명하다.

어제는 바로 그 길에서 세 명의 아이들을 만났다. 중학교 1학년쯤으로 보였으니 아마도 14살 무렵의 아이들이 아닐까 한다. 그 아이들이 자전거를 타고 달리다 내 앞에서 딱 멈추더니 이렇게 물었다.

"아줌마, 여기서 숭례문 가려면 어떻게 가나요?"

"숭례문?"

나는 어이가 없었다. 내 생각에 거기서 숭례문까지는 자전거를 타고 가기엔 너무 먼 거리라고 생각이 되었다. 그래서 아주 멀다고 아니, 불가능하다고 말했다. 그러자 그 아이 중 한 명이 말했다.

"그래도 가야 해요."

제법 단호한 표정이었지만 나는 또 이렇게 말했다.

"여의도쯤이라면 가기가 좀 편할 텐데."

그러자 자전거를 탄 다른 아이가 동의했다.

"그러자, 여의도로 가자."

그 말에 대장인 듯한 아이가 말했다.

"안 돼, 목표를 세웠으니 가야지."

나는 그 말에 자전거를 탄 아이들을 다시 한 번 바라보았다. 가슴이 뭉클했다.

"점심은 먹었니?"

"아니요."

그때 시간이 오후 5시였다. 주머니를 뒤지니 동전 네

개가 잡혔다. 물 하나를 사고 남은 것이다. 가다가 빵이
라도 사 먹으라고 돈을 주고 싶은데 너무 아쉬웠다.

"어쩌니, 운동하러 나오느라 돈이 없네."

아이들은 괜찮다고 말하며 달려갔다. 나는 갑자기 뒤
로 돌아 아이들을 불렀다.

"학생!"

그러나 아이들은 이미 멀리 달려가고 있었다.

'전화번호라도 알아 둘걸, 잘 보고 왔는지······.'

그런 생각을 하면서 기분이 좋았다. 왜냐고? 오랜만에 희망을 본 것 같기도 하고, 아이들이 너무 기특하기도 하고, 잠시 어두운 날에 해가 비치는 것 같기도 하고 그랬다. 그리고 집으로 돌아와 나는 이 글을 쓴다.

사랑하는 범수야.

그 아이들은 숭례문을 찾아갔을까? 결국 찾지 못하고 허기진 채 집으로 돌아갔을까. 아니면 가다가 중간에 포기했을까. 사실 그 탄천에서 숭례문까지는 너무 멀고 어려운 길이었다. 배도 고픈데 말이야.

범수야, 너는 어땠을까? 나는 내내 그 생각을 했단다. "아, 나는 싫어. 거기까지 너무 멀어." 그렇게 말했을까? 아니면 "할머니 나도 그렇게 갈 수 있어요. 나도 그런 적 있어요. 복잡하고 모르는 길을 더 멀리까지 간 적도 있는데요." 그랬을까?

중학생 시절은 너에게도 먼 추억이구나. 그러나 자전

거를 탄 그 아이들은 바로 인생의 초입에서 자기의 생을 찾아가는 길이었는지도 모른다. 그리고 그 목적을 향해 순간순간을 그냥 충실히 가노라면 숭례문은 반드시 나올 것이라고 믿는다. 그 아이들이 포기만 하지 않는다면 그들은 "왔다!" 하고 함성을 지를 수 있을 것이다. 그러나 범수야, 이것만은 알아야 해. 그 아이들은 숭례문까지 가는 동안 여러 번 길을 잘못 들고 다시 돌아가고, 그러다가 넘어지기도 하고, 배도 고프고, 그럴 때마다 정말 가야 할지 여러 번 갈등을 겪었을 것이다. 넘어지면서 다리나 팔에 상처를 입을 수도 있다. 그럼에도 멈추지 않는다면 결국 그들은 숭례문에 도착하게 될 것이고, 무한하고 아름다운 성취감을 느끼게 될 것이다.

나 같은 사람이 "거긴 너무 멀어. 여의도쯤으로 가!" 하고 말해도, 옆에 있는 친구가 그 말에 동의해도 "목표를 세웠으니 가야 해요" 하고 말할 수 있는 것은 그 아이의 마음속에, 그 정신 속에 목표에 대한 분명한 의지가 빛나고 있기 때문이라고 나는 믿는다.

나는 그렇게 말하는 아이가 마음에 들었다. 자신의 의지를 분명하게 세웠다면 장애물을 만난다 하더라도 이

겨 내려는 자세가 보였기 때문이지. 그런 의지 없이는
장애물을 극복할 수 없다는 것을 너에게 말하고 싶은 것
이다.

범수야, 너는 정말 사랑받으면서 태어났고 사랑받으
면서 성장했다. 아직도 나에겐 초등학생이나 유치원생
쯤으로 보이는데 벌써 입대를 눈앞에 두고 있다니. 할머
니도 감격스럽다. 왠지 연애할 때처럼 가슴이 두근거리
기도 한다. 그러고 보면 내가 꿈꾸던 멋진 남성은 범수
의 그 언저리쯤 될까? 그런 생각도 해. 너를 사랑한다는
이야기다.

네 엄마는 일본에서 미래를 꿈꾸었지만, 결혼을 하는
것으로 자신의 꿈을 접었단다. 네가 네 엄마의 꿈이라는
얘기다. 네 엄마도 눈물 날 지경으로 너를 사랑하지. 네
아빠는 아직도 너를 바로 오래 쳐다보지 못하는 범수 바
보란다. 벌컥 소리도 지르지만, 너에 대한 사랑을 지그
시 누르는 방법일 거야. 나는 그것을 안단다.

너도 연애라는 걸 해 봐서 알거야. 사랑이란 끓어오르는 대로 다 부어 버리는 게 아니라 '절제'라는 것에 있단다. 너에게 미안한 말이지만 아직 너의 사랑은 초보적이라고 생각한 적이 있었다. 그냥 예쁘기만 한 연애라고 생각했다. 물론 내가 보는 것과 상관없이 너는 그 속에서 아픔도 느끼고, 상처도 받고, 포기도 하면서 적당히 자신을 조율하기도 했을 것이다.

그래, 조율이라는 것, 그것은 거리를 말한다. 어쩌면 조율의 미학이야말로 한 인간으로 성장하는 가장 중요한 지혜가 될 수 있을지도 모른다.

다시 말한다. 자전거를 탄 아이들은 온전히 도착했을까? 그런 의문처럼 네가 군인이 되는 일도 마찬가지다. 제대로 해낼 수 있겠느냐는 의문은 걱정스러운 마음으로 인한 것일 뿐, 기본에 충실한다면 아주 잘 해낼 거라고 믿는다. 세상에서 가장 소중한 건 기본에 충실한 거란다. 조금 빠르게 가려고 담을 넘어서 남에게 폐를 끼쳐서는 안 된다. 몸으로 부딪치는 그 자전거처럼, 그 목표처럼 어떤 험한 장벽을 만나도 그냥 묵묵히 가는 일. 그 기본을 너는 알고 있다고 믿는다.

범수야, 언젠가 신문에서 본 내용이지만 오래 마음에 남아 있는 이야기가 있다. 어느 연구소에서 남다른 혁신을 통해 극심한 경쟁 속에서도 성공을 일군 골목 상권의 주인공들에게 성공 사례와 동기부여에 대해 물었다. 내 눈에 확 들어온 뉴스였다.

　상인들을 꿰뚫는 성공 키워드는 ABCDE 법칙이었다. 첫 번째는 분명한 목표의식Aim이었다. 두 번째는 기본에 충실Basic하라, 세 번째는 틈새 기회를 뚫는 것Chance, 네 번째는 아이템의 차별화Differentiate, 다섯 번째는 업에 대한 열정Energy으로 요약하고 있었다.

　이것은 꼭 상인이 아니더라도 어떤 직종, 어떤 사회에서든 성공하는 사람들에게 적용될 수 있는 말이다. 나는 너에게 언젠가 들려주려고 이것을 메모해 뒀단다. 나는 신문 잡지들을 눈여겨보는 사람이다. 내가 관심 있는 테마의 기사들은 반드시 별도로 모아 두는 것은 오래된 습관이다. 나는 나의 이 습관을 사랑한단다. 나는 지식도

168

부족하고 아는 것도 미약해 관심 있는 부분의 모든 기사나 이야기들을 철해서 모아 둔단다. 이것도 나에겐 목표 의식과 관련이 있다.

아직 범수는 뚜렷한 목표의식이 없어 보였어. 하긴 지금 네 입장에서 뚜렷한 것이 아직 없는 게 정상일 수도 있어. 그러나 언젠가 너는 아주 슬기롭게 답했어. "지금 앞에 있는 일부터 잘해야죠." 그래, 우리 범수 정말 훌륭하구나. 그런 거지, 목표는 지금 바로 앞의 일을 하는 것이야. 언젠가 할머니가 네게 물었다. 너희 친구들은 모여서 무슨 이야기를 자주 하느냐고?

"앞으로 먹고살 것을 말해요."

나는 놀랐단다. 천 원을 주면 바지를 쑥 내리고 고추도 잘 보여 주던 아기 범수가 이렇게 먹고살 것을 걱정하고 있구나. 이렇게 자란 것이 기쁘기도 하고 두렵기도 했다. 네가 생의 고비를 넘어가면서 "나는 못 가!" 하고 말할까 봐. 앞으로 너의 길은 많은 인내와 견고한 의지를 필요로 할 거야.

그러기 위해서는 목표를 세우렴. 성공한 골목 상권 상인들의 이야기에서도 목표 설정이 가장 먼저이지 않니.

그리고 기본에 충실하는 일은 생존을 넘어 성공을 불러오기도 할 것이다. 그리고 틈새 기회를 생각해 보아라. 남들이 하는 것을 따르는 것이 아니라 정말 그 자리에서 그 위치에서 네가 차이를 가지고 할 수 있는 일은 많은 지혜와 고민이 필요할 것이다.

요즘은 '다 같은 것' 혹은 '비슷비슷한 것'을 가장 싫어하지. 남다른 매력을 만들어야 겨우 살아남는다는 것을 생각해. 네 속에서 끓어오르는 열정이 네가 가진 전부이기를 바란다.

나는 젊은이들에게 나는 노인 냄새를 가장 싫어한다. 그것은 우리 국가와 사회를 위해서도 금물이다. 피 끓는 열정, 그것은 통장보다 애인보다 소중한 것이다. 열정으로 부닥친 현실을 이겨 내면 통장도 애인도 생긴다. 범수 너같이 미인 밝히는 젊은이들에게 열정이야말로 미인을 얻는 비결일 거야.

사랑하는 범수야, 너는 입대를 앞에 두고 있다. 그거

알지? 군생활은 힘들다는 것, 그러나 그 힘듦을 이기는
일이 바로 목표를 향해 가는 길이라는 것도 너는 잘 알
거야. 입대는 대한민국 남자라면 누구나 이행해야 하는
책임이며 의무다. 너는 군생활을 통해 지금보다 마음의
키가 많이 자랄 것이다. 마음의 키는 인내와 고통 속에
더 많이 자란다는 것을 너도 알고 있겠지. 나팔꽃은 아
침에 피어나지만 사실 어둠의 살을 먹고 어둠 때문에 피
어나는 것이다. 약속을 잘 지키는 군인이 되어라. 공동
체의 사회학을 공부하기에 군은 아주 적절하다. 특히 너
자신과의 약속을 어떡해서든 지키려는 의지를 잊지 않
았으면 한다. 약속이 지켜지지 않는 사회는 비참할 것이
다. 사람도 그렇다.

인간은 현상 유지의 본능이 있다. 현상 유지는 현실에
뿌리내리고 있어 편안하다. 우리가 무엇을 바꾸려 할 때
저항이 있는 건 편안함을 잃지 않으려는 마음 때문이다.
변화를 주는 건 두렵기 때문이다. 입대는 가장 변해야
할 '김범수 사회학'의 첫 페이지가 될 것이다.

그 첫 페이지를 꼼꼼히 읽기를 바란다. 너는 조금 내
성적이다. 그러나 범수야, 내성적인 사람들이 사회를 변

화시키는 경우는 너무 많단다. 고독한 것은 창조의 열쇠이기 때문이다.

　사랑하는 범수야.

　요즘은 감정까지 읽는 로봇이 나왔다는구나. 일본의 IT기업 소프트뱅크에서 키 121센티미터의 인간 로봇 페퍼가 태어난 거다. 농담까지 주고받고 자유로운 대화가 70퍼센트가 가능한 '페퍼'는 충격 그 자체다. 과학의 끝은 어딘지 모르겠다. 범수야, 사랑하는 범수야. 그래도 어떤 시대가 온다 해도 우리의 인간적인 정신이야말로 가장 앞서 가는 덕목이라는 것을 잊지 말자. 우리 가족처럼 서로 사랑하는 그 사랑이 힘이라는 것도. 누가 뭔가 제대로 풀리지 않을 때 따뜻하게 손잡아 주는 일, 너 잘 알지. 넌 알 거야. 우리 가족이 자주 함께 밥 먹는 일, 내가 고집하는 일이다. 앞으로 바쁘더라도 빠지지 마라. 부탁이다. 서로 밥 먹는 일은 서로 사랑하는 일이야. 가족은 그런 거다.

　다시 한 번 말한다. 그 세 아이들의 자전거는 숭례문을 찾았을까? 이 의문은 모두 우리의 문제다.

　범수야, 사랑한다.

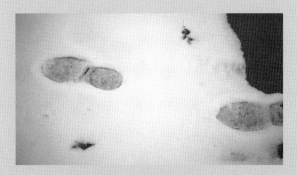

겨울, 아버지의 발자국

낡은 운동화에도
족보가 있다

입추가 지나니 밤공기가 마음 변한 애인같이 달라졌다. 그래, 가을이 오는구나. 아니, 가을이 이미 왔다고 말해야 하나. 나는 이제 서둘러 여름 옷이며, 여름 운동화며, 핸드백을 슬그머니 뒤로 물리고 가을에 맞는 것들을 찾게 될 것이다.

밤공기가 조금 달라졌다고 사람의 마음이 이렇게 서둘러 변하는 게 참 간사하다는 생각이 들어 나와 여름을 함께한 것들을 생각해 본다. 부채, 슬리퍼, 선풍기, 그리고 뜨겁던 햇살과 그 아래 우거진 나무들, 그 나무들이 만들어 주던 시원한 그늘. 그 모든 것들은 여름과 함께 지나가겠지만 또 한 번 내 인생에 여름의 무늬를 남기게 될 것이다. 계절은 왔다 가지만 언제나 다시 돌아온다. 잠시 보이지 않는다고 해도 내 인생의 귀한 동행자인 셈이다.

한국어 사전에는 '족보'를 두고 "한 가문의 계통과 혈통 관계를 대대로 적어 기록한 책"이라고 되어 있다. 한 가문의 계보라는 이야기다. 어른들에게 자주 듣던 말이다. 한 가문의 혈통 관계를 대대로 기록한 것이니 그것은 모든 후손이 반드시 알아야 할 계보라는 것. 그래서 어느 집안에서든 아주 귀한 것으로 취급된다. 우리는 족보라고 하면 늘 경건한 마음이 되거나 자세를 고쳐 앉기도 한다. 그것이 내 집안, 내 생애와 깊은 관계가 있다면 두말할 나위가 없다.

족보를 보면 그 외양에서부터 오래되었다는 생각이 든다. 또한, 혈통의 역사라는 점에서 함부로 다룰 수도 없고, 아무 곳에나 던져 놓을 수도 없다. 그래서 장롱처

럼 어딘가 깊고 그윽한 곳에 귀중하게 보관해야 할 것만
같다. 족보는 그런 것이다. 강아지에게도 족보는 있다.
귀한 혈통의 강아지는 제법 비싸다. 족보는 믿음이다. 누
가 피를 의심하겠는가. 혈통이야말로 거짓말을 할 수 없
는 근원적인 출발이다. 우리는 그것을 믿는다. 족보가 있
는 것에 비싸게 값을 매기는 이유는 그런 믿음 때문이다.

'족보'가 가문의 대대의 혈통을 기록한 책이라면, 그
래서 족보가 위대한 믿음이라면 당신이 살고 있는 현재
삶의 작은 시간은 무엇을 의미하는 것일까? 당신이 나
누는 한마디의 대화, 당신이 건네는 한 번의 인사, 당신
이 밥을 먹고 있는 한 개의 숟가락, 당신이 받은 하나의
세금 고지서, 당신의 일과를 적은 메모지, 당신이 신고
있는 낡은 운동화는 무엇인가.

바로 당신이 소중하다고 믿는 족보의 과정이 거기 있
지 않겠는가. 오늘의 족보는 당신이 보내는 삶의 모든 시
간을 기록한 것이다. 당신의 미소가, 당신의 말이, 당신
의 이해가, 당신의 노력이, 당신의 극복이, 당신의 땀이,
당신의 사고가, 당신의 상상력이 당신의 족보가 된다.

현대의 족보는 흐르기만 하는 것이 아니라 창조되어야 한다. 지금 우리가 바라보는 아주 짧은 시선도 당신의 자녀에게는 족보의 이름으로 남게 될 것이다. 족보는 어떻게 이어지는가. 그것은 바로 당신이 지금 말하고, 웃고, 하기 싫은 일을 지속하는 의지에서 족보는 재탄생한다. 무심하게 하는 말, 가게에서 산 넥타이 하나도 모두 당신 인생의 족보를 더하는 일이다.

아무 의미 없이 지니고 있다가 의미 없이 버려지는 것은 없다. 어느 엄마는 자식이 세 살까지 차던 기저귀를 간직하고 있다. 처음 신었던 신발, 처음으로 썼던 아기 모자, 처음으로 어깨에 멨던 가방도 간직하고 있다. 처음 직립으로 홀로 섰던 그 감격의 순간을 사진으로 보관하기도 한다.

그러한 인생의 모든 것이 혈통이다. 왜 우리가 결혼 기념일을 축하의 날로 보내는가. 그것도 혈통이다. 왜 사랑하는 사람과의 첫 만남의 날을 기억하는가. 왜 100일의 만남을 기념하는가. 그것도 인생의 혈통으로 이어지고 있기 때문이다. 이렇게 우리들의 모든 순간은 혈통의 찰나를 지니고 있다. 혈통은 기억으로만 역사로

서만 남겨지는 것이 아니라 지금 마시고 있는 커피가 담긴 종이컵 하나도 당신의 역사 속의 한순간이다.

"차렷! 선생님께 경례."

언젠가 신문에서 나는 색다른 기사를 보았다. 어느 고등학교에서 머리가 적당히 벗겨지고 인생의 중반을 맞은 30대 후반과 40대 학생들이 교복을 입고 수업을 했다. 전 대구 남부 교육장 손병헌 선생님의 마지막 수업을 제자들이 실제로 교복을 입고 들었던 것이다. 1980년 당시 고3이었던 학생들은 지금은 모두 나이가 들어 있었다. 누가 아이디어를 냈을까. 그들은 실제로 옛날 수업을 재현하면서 박장대소를 했다.

"저 뒤에 조는 학생 일어나라."

"주번 머하노, 칠판 닦아라."

너무 익숙한 말들이 교실을 울리고 그들의 추억을 울렸다. 그리고 그들의 삶의 한순간, 절실한 혈통을 울렸다. 선생님은 고개를 흔들었지만, 제자들이 조른 끝에

허락한 이 수업은 많은 사람의 가슴을 울렸다. 그것도 당시처럼 교복을 입고 〈용비어천가〉 수업을 들었다. 우리에게 교복은 무엇인가. 교복은 바로 우리들의 많은 이야기가 고스란히 담겨 있는 혈통의 중심이다.

이 마지막 강의에는 하나의 추억담이 실린 책이 있었는데 그 제목이 '한 점 생각'이었다. 당신은 어떠한가? 지금 생각하는 한 점 생각이야말로 바로 당신의 혈통을 맑고 아름답게 하는 유전자이다.

한 점 생각이 당신에게 머무르고 당신의 아들과 딸에

게로 흘러 혈통의 피가 된다. 그러므로 우리에게 주어
진 모든 물건과 생각은 결코 시답잖은 게 아니다. 오히
려 귀하고 더없이 중요하다. 당신이 지금 메모지를 정
리하고 있다면 당신의 혈통을 정리하고 있는 것이다.
아내가 당신의 낡은 운동화를 빨고 있다면 당신의 족보
를 빨고 있는 것이다. 우리의 모든 시간은 그래서 소중
하고 귀하다.

나는 아프게 기억한다. 아무도 모르게 살짝 구겨서 휴

지통에 버리고 싶은 시간이 있다. 그 무렵에 있었던 내 생각, 나의 행동, 나의 표정들 모두를 나는 기억하고 싶지 않다. 그러나 그런 기억들조차도 내 생의 모든 페이지에 그대로 남아 있다. 내 의지와 상관없이 지겹게도 살아서 기억될 것이다.

그래서 나는 생각한다. 나는 신이 아니고 인간이므로 실수를 할 수 있다. 실수하고 괴로워한 흔적이 내 생의 페이지에는 많다. 그러한 시간의 기록들을 부끄럽게 생각하지 않으려고 한다. 부끄러운 것을 부끄럽지 않게 이끌어 올리려는 노력이 있을 때 족보는 다시 생명을 얻을 수 있다. 나는 그렇다고 믿는다.

그것은 나를 믿는 것보다 훨씬 힘이 있었다. 나는 스스로 위대하지 못했으므로 이런 스승의 말씀이 필요했다. 나를 믿는 것이 아니라 말씀을 믿었고 따르고 싶었다. 족보는 그렇게 나에겐 시시콜콜하고 사소한 선택에서 출발하고 이어져 갔다.

극복은 인간이 살아가는 혈통 중에 가장 진한 피였다. 그래서 당신들은 외로운 현대를 살면서 혈통을 사랑하고 지키는 아름다운 혈통의 아버지들이다. 우리는 아침에 눈을 뜨면서부터 눈을 감을 때까지 무수한 선택에 시달린다. 그 선택이 결국 우리들의 족보를 만들어 간다. 어떤 삶, 어떤 사람, 어떤 성공을 만들어 가는 것이다.

무엇을 먹을까, 일어날까 말까, 할까 말까, 만날까 말까, 말을 할까 말까 하는 등의 수많은 선택을 하면서 우리의 시간을 만들어 가고, 일상을 만들어 가고, 우리의 인생을 만들어 가는 동안 족보도 만들어진다.

《선택의 심리학》이란 책을 쓴 쉬나 아이엔가는 재미있는 실험을 했다. 2000년과 2002년에 올림픽 우승자들의 수상소감을 분석했는데 서양과 동양의 차이가 컸다는 보고서를 냈다. 서양 선수들은 모두 그 영광을 자신에게 돌리는 반면 동양 선수들은 나라와 가족 등 주변 사람들에게 돌렸던 것이다.

서양 선수들이 "나 자신이 자랑스럽다" "열심히 노력한 대가다"라고 말했다면 동양 선수들은 "코치에게 감사한다" "부모님과 도와주신 분들께 감사한다"로 확연히 나누어진다는 것이다. 서양인들이 자율적이고 자기중심적인 선택을 한다면 동양인들은 주변을 의식하고 타인 지향적인 방식을 선호하고 있다는 분석이다.

사소하면서 중대한 지적이라고 생각한다. 왜냐하면 실제로 우리는 대부분 이런 선택을 하기 때문이다. 자기를 내세우는 것을 오만이나 교만이라고 배운 때문이기도 하고, 남을 배려하는 것을 덕으로 배운 때문이기도 하다. 이처럼 우리는 주변을 의식하고 자신을 숨기려 한다. 그러나 이제는 주변이 아니라 나의 혈통을 믿어야 한다. 내 인생의 족보가 어떻게 쓰일 것인가의 눈치를 봐야 한다. 반드시 남을 의식하는 것이 최선의 길인가 생각해 볼 필요가 있다.

동양적인 아름다움이 반드시 최선인가. 골동품으로서의 가치를 가진 신라 시대의 그릇과 지금 막 사 들고 온 그릇은 그 쓰임이 크게 다르지는 않을 것이다. 시간의 문제다. 차 한잔을 마시는 그 그릇에도 반드시 시간이 흐를 것이다. 역사가 흐르고, 우리의 삶이 흐르고, 가족의 정이 흐르고, 분노와 그 분노를 삭이는 마음도 흐른다. 그래서 우리는 지금 나누는 사소한 한마디도 족보의 일면이 흐르는 것이라고 생각해야 한다.

나는 당신에게 제안하고 싶다. 다시 정중하게 경어체로 바꾸어 '당신에게 제안하고 싶습니다'. 일기를 쓰라고 하면 부담이 될 것이고 메모라고 하면 어떨까요? 당신의 책상에 노트를 하나 준비해서 그것과 연애를 하면 어떨까요? 무엇이든 생각나고 기록하고 싶은 것이 있으

면 노트에 적어 보면 어떨까요? 뭐 대단한 상념이나 묵상을 철학적으로 써 보자는 것이 아니라 그날 느낀 점, 누구와 만난 일, 기분이 좋았던 것, 좋지 않았던 것, 이런 사소한 것들이라도 적어 보면 어떨까요? 만약에 그럴 만한 일도 없다면 "오늘은 아무것도 적을 것이 없다"라고 기록하면 뭐 어떻습니까.

노트를 가까이에 둔다는 것, 그것을 펴고 흰 백지를 본다는 것, 그것 자체가 이미 새로운 마음가짐이지 않겠는가. 그럼에도 노트에 무얼 쓰기가 어색하다면 아무 뜻 없이 낙서를 할 수도 있고, 아는 사람들의 이름을 적어 보는 일부터 시작해도 된다.

그렇게 가족과 친지들의 이름을 적다 보면 새삼 가족이 더 가깝게 느껴지는 경험도 할 것이라 믿는다. 이웃 사람들의 이름, 내가 아는 이들의 이름도 마찬가지다. 그렇게 이름을 적다 보면 그들과의 기억이 하나둘 떠오를 것이고, 그 사람과의 과거가 당신에게 걸어올지도 모른다. 아니, 반드시 올 것이다.

그렇게 1년이 가고, 3년이 가고, 10년이 가면, 당신이

남긴 그 모든 기록이 바로 혈통이며, 기록서며, 족보가
될 것이 아니겠는가. 그것은 살아 있는 현재의 기록이
되는 것이고, 당신의 아들과 딸이 보게 될 것이다. 교육
이 따로 있는 게 아니다. 당신의 아들과 딸이 그 기록서
를, 일기를, 족보를 기억하고, 어느 날 자신도 그렇게 해
보고 싶어 할 것이기 때문이다. 자신의 아버지가 그렇게
했다고 사람들이 모인 자리에서 이야기하게 될 것이다.
그것이 바로 혈통을 이어 간다는 것 아니겠는가.

이처럼 족보는 바로 지금, 이 시각에 하고 있는 사소
한 선택들이 모여 삶의 기록으로 이어져 가는 것이다.
그러고 보면 족보는 사랑이다. 기억이며, 역사며, 관계
이며, 우리가 영원히 보듬고 가야 할 귀중한 자산이다.

사랑스러운 우리들의 시간. 거기 우리가 잊지 말아야
할 웃음과 말과 눈물이 있다. 다시 말하지만 그러기에
당신의 헌 운동화 하나에도 당신의 족보가 있는 것이다.
스쳐 지나가는 모든 것은 우리의 심장에 저장된다. 아름
다운 시간이여! 자, 우리들의 족보를 위하여 파이팅!

봄, 강가에서 듣는 노래

인생이라는
계단을 오르며

  아침은 신이 인간에게 준 가장 큰 선물이라고 한다.
그러나 내가 젊었던 어느 시절엔 아침이 지옥이거나 악
마이거나 살인자처럼 생각될 때가 있었다. 왜? 왜? 왜?
나를 다시 깨어나게 하는가. 왜 내가 원하는 대로 잠을
죽음으로 이어지게 하지 않느냔 말이야! 나는 그렇게
험하게 악다구니를 부리며 신의 따귀라도 칠 듯 덤비곤
했었다.

  그런 시절을 보내고 이제 와 생각하니 그게 선물이었
다는 생각이 든다. 아침에 눈부신 빛을 보게 하는 것은
신이 내게 두 손을 내밀며 "일어나거라, 일어나거라, 너

의 삶이 여기 있다"라고 깨닫게 하는 일이었다.

아침은 부드러운 명령이다. 나를 존중하고 사랑해 주는 최고의 선물이다. 잠자리를 털고 일어나 두 팔을 치켜들어 기지개를 펴고 뒤로 젖혀진 허리를 펴면서 창밖으로 아침을 볼 때 나는 아! 하고 탄성을 지른다. 신성의 아침이다. 이제는 내게 아주 괴로운 일이 있을 때에도 절망이 아닌 가슴의 떨림을 느끼곤 한다.

당신은 아침에 눈을 뜨면 무슨 생각을 하는가? 일어서는 일인가? 걷는가? 아니면 뛰는가? 그것도 아니라면 다시 이불 속으로 들어가는가? 이불 속으로 들어가서 아예 아침이 오지 않기를 기다리는가? 혹시 당신이 후자라 하더라도 아무 상관없는 일이다. 대부분의 사람들은 삶이 고단한 만큼 아침에 대해 지쳐 있고, 다시 시작되는 일상에 대해 힘겹다고 생각하기 때문이다.

젊지만 어른이라고 생각하고, 모르지만 다 안다고 생각하는 청춘들은 가슴속에 절벽과 에스컬레이터를 둘 다 품고 있다. 쉽게 절망하지만 또 쉽게 그 절망에서 벗어나는 힘도 가지고 있다. 그런 청춘의 시절에는 누구나 절망의 깊은 늪에 한번쯤 빠져서 온몸에 진흙을 묻혀 보

신달자 감성 포토 에세이

190

는 과정이 있는 법이다. 나만 허우적거린다고 약이 오르
는가. 안심하라, 이 과정을 그냥 지나치는 젊은이는 단
한 명도 없다. 어느 하느님이 청춘들에게 절벽의 아찔함
을 면제해 주겠는가. 그러니 생각해 보라. 다만 희망과
야망에 도착하기 위해 진흙을 온몸에 묻혀도 당연히 올
라가야 한다고 생각하는 의지와 도전만 있으면 된다.

젊은 시절의 고통과 절망은 절대로 면제받는 일이 없
다. 땀과 피의 고단함과 마음의 상처와 자존심을 구기는
일은 면제받지 못한다. 그러나 그런 과정이 있어서 젊음
은 빛나고 아름다워질 수 있다. 다시 생각해 보라. 높은
계단을 오를 때 처음의 낮은 계단을 밟지 않고서는 저
높은 정상에 오를 수 없다. 헬기로 간단하게 오르고 싶
은가? 절대로 그런 도전은 존재하지 않는다. 그것은 오
른 게 아니니까.

자신의 처절한 의지와 견딤으로 오르는 과정이 바로
'인간됨'이다. 그것이 '성실'이라는 실체다. 뭐든 그렇
다. 최선을 다했는가, 하는 문제다. 혹시 당신은 지금 어
떠한가? 이런 질문을 하나 던지고 이야기를 시작한다.

어린 날 나는 욕심이 많았다. 그 욕심은 나의 미래에
대한 꿈이었다. 어머니가 치마를 하나 사 준다고 하면
원피스를 사 달라고 조르고, 연필을 사 준다고 하면 필
통까지 새로 사 달라고 졸랐다. 고등학교 때 부산으로
전학을 가게 되었을 땐 아무런 연고도 없는 서울로 보내

달라고 떼를 쓰고, 서울로 대학을 왔을 땐 그 시절에는
턱없는 외국으로 보내 달라고 억지를 부렸다.

그때마다 어머니가 입버릇처럼 말한 우리나라 속담
이 있는데, '올라가지 못할 나무는 쳐다도 보지 말라'는
말이었다. 섭섭했다. 신분의 차이를 여실히 나타내는 그
속담을 나는 용납할 수가 없었다. 자식이 원하는 걸 해
주지 못하는 부모가 그게 어디 부모인가? 건방지고 싸
가지 없는 말로 엄마의 속을 뒤집어 놓곤 했다.

과연 오르지 못할 나무는 쳐다보면 안 되는 것일까.
그것은 죄악인가, 아니면 불손인가. 그러나 나는 쳐다보
는 일이야말로 우리가 무형의 자산으로 키워야 할 꿈이
라고 생각했었다. 그 꿈이 없다면 나무토막과 뭐가 다르
겠는가.

꿈은 우파도 좌파도 없다. 가난과 부와도 관계없다.
꿈은 적어도 몇 평에 사느냐고 묻지도 않는다. 나에게는
그런 꿈이 대학생이 되면서 구체화되고 어머니라는 이
름이 붙으면서 더욱 확실해졌다. 특히 대학 시절이 그
랬다. 나는 나무토막이 아니다. 그렇다면 움직이고 읽
고 앞으로 나가야 한다. 지금 이 순간 이 시간을 어떻게

든 내가 할 수 있는 최선의 노력으로 무엇이든 만들어야 한다. 적어도 무엇을 만들겠다는 마음으로 애써야 한다. 나는 나의 등을 그렇게 떠밀었다.

오르지 못할 나무를 가르친 것은 어머니였지만, 아마도 어머니는 힘들고 어려운 길보다는 편안하며 안전한 미래를 딸에게 주고 싶었을 것이다. 그러나 젊은이에겐 안전한 길이란 없다. 모든 것이 불안하지만 불안을 양팔에 끼고 나가야 한다. 그것이 도전이고 그것이 자신을 사랑하는 일이다.

오르지 못할 나무라는 것은 없다. 오르고 오르다가 발목을 다치고 피를 흘리기도 해야 한다. 온몸이 피투성이가 된다 하더라도 그것은 삶에 대한 면역성을 키우고 자신의 꿈에 한 발 더 다가서는 자신감을 키워 주는 일이다. 독수리는 새끼를 절벽에서 떨어지게 하고 거기서 살아남는 새끼만을 거둔다고 한다. 그런 짐승들은 독수리뿐만이 아니다. 그에 비하면 사람은 자신의 핏줄을 가장 안전한 자리에 세워 두고 바람을 막아 주려 애쓴다. 목숨을 걸면서까지 그 안전지대로 자식을 몰려고 한다. 그래서 자녀들에게 나무에서 떨어지는 삶이 아니라 상처받지 않는 안전한 방법만을 가르친다.

그러니까 어머니의 교육은 어렵게 오르다 다치는 것을 염려하고 가슴 아파하는 사랑의 방법이었을지 모른다. 그러나 나는 다치는 기회를 주는 교육이야말로 사랑이라고 생각하고 싶었다. 하지만 나라고 뭐가 다르랴. 나도 어머니가 되면서 갈등에 사로잡혔다. 내가 생각하는 도전의 삶은 험난한 것이었다. 그것을 혈육에게 주는 것은 위험했고 가능한 멀리하도록 하고 싶었다. 그럼, 그래야지. 거긴 너무 험한 길이야. 이리 가렴, 그쪽은 안된다. 그래, 얘야 이리 가도록 해라. 안전한 삶의 길이 있다면 그것을 가르치고 싶었다. 언제 낙뢰가 떨어질지 모르는 불안한 길을 지나야 성장하는 거라고 어떻게 등을 떠밀겠는가.

그럼에도 돌아보면 결국 우리는 나무를 오르는 삶을 산다. 위험하지 않고 안전한 삶은 어떤 것인지 본 적이 없다. 나름으로 모두 위태로운 나무 오르기의 삶을 사는 것이다. 자기 분야에서 우뚝 선 사람들 뒤에는 여지없이 나무타기의 도전이 있었다. 도저히 오르지 못할 것처럼 보이는 나무를 쳐다보다가 오르는 방법을 터득하고 그

방법대로 오르지만 몇 번이고 떨어져 다친다. 절룩거리는 그 다친 발로 다시 오르는 의지를 키운 사람들이 비로소 성공의 열매를 따게 된다.

큰 실패를 한 사람이 가장 크게 성공할 가능성이 많은 것도 그 때문이다. 다시 말하지만 그대들에게 오르지 못할 나무는 없다. 다만 다리를 다치는 일을 두려워 말라는 것. 그렇게 되면 어느새 그대는 나무타기의 명수가 될 것이다. 그것이 바로 행복이다.

내가 늦은 공부를 하고 어느 지방의 대학교수가 되었을 때의 일이다. 나는 야간에 강의를 했다. 빛나는 낮의 공간을 비워 두고 어스름 저녁이 되면 지하 101호실에서 형광등 불빛을 받으며 강의를 했다. 어느 학생은 강의를 시작하자마자 졸기도 했다. 그 아이나 나나 모두 기분이 좋지 않았다. 나는 서울의 대학에서 퇴짜를 맞고 그곳으로 간 터였으니 신바람이 나질 않았다. 그럼에도 순수한 사명감은 불타고 있었다. 차나 술잔을 놓고 환담

신달자 감성 포토 에세이

을 나누거나 가족끼리 맛있는 식사를 즐기거나 가슴 저
린 노을을 보며 데이트를 해야 할 그 시간에 지하 강의
실에서 소설이, 시가, 인간이 하는 이야기를 들어야 하
는 학생들도 불행하기는 마찬가지였다. 그래서 나는 더
욱 열정적으로 강의에 매달렸다. 으스스 추운 날에도 땀
이 날 정도로 열중했다. 그러던 어느 날, 한 여학생이 벌
떡 일어나 질문을 했다.

"선생님! 왜 선생님은 우리를 지나치게 안전한 쪽으
로 가라고 하세요? 우리는 선생님이 실패한 쪽으로 가
서 늪에 빠져 보기도 하고 넘어지기도 하고 살이 찢어져
도 봐야 하지 않을까요? 왜 어른들은 자기들이 간 쪽은
절대로 가지 못하게 하는지 모르겠어요. 어떻게 안전한
쪽으로만 갈 수 있나요. 그 안전한 길이 정말 우리 인생
에 안전을 가져다주기나 할까요?"

나는 속으로 멈칫거리며 질문의 답을 생각하느라 재
빠르게 머리를 굴리고 있었다. 정확한 답은 뻔하다. 그
게 사랑이라고 하면 된다. 그러나 나는 이상하게도 그
순간에 내 마음을 짓누르고 있던 불행감이 사라졌다. 이
대학에서 진정한 교수로 좋은 강의를 하고 학생들을 믿

어야겠구나 싶었다. 이만한 질문을 하는 학생이 있다는 사실 때문이었다. 저런 의문과 의문들이 생을 쌓아 가는 벽돌이 될 테니까 말이다.

　나는 아마도 뻔한 대답을 했을 것이다. 머리에 천둥이 탕! 하고 쳤다는 것은 나의 기쁨이었다. 네 맘대로 지껄여라, 하고 창밖의 어둠만 보고 앉아 있다면 나는 지쳐 더는 강의를 하지 못했을 수도 있다. 그렇지 않아도 금방이라도 학교를 그만두고 싶은 심정이기도 했다. 그런데 그 학생의 질문 하나가 나를 더 공부하게 했고 학생들을 더 사랑하게 하고 학교까지 사랑하게 만들었다.

나는 학생들을 일찍 오게 해서 근처 아산만으로 달려가
바다를 보고 오곤 했었다. 그래서 친해졌고 그 학생들은
나의 동반자가 되어 혈육 같은 아픔을 나누곤 했다.

그래 그렇지. 늪에 빠져도 보고, 나무에서 떨어져도
보고 강에 빠지기도 하면서 고통을 견디는 근육을 발달
시켜라. 눈을 감고 어둠의 외다리를 건널 수 있는 내적
의지와 힘을 키워야 한다. 나도 그랬다. 오르지 못하는
나무라고 어머니가 한계를 두는 그 나무를 오르다가 참
많이도 다쳤다. 우리나라에는 한계를 짓는 속담들이 많
은데, '뱁새가 황새 따라가다 다리 찢어진다'라는 말도
용서가 안 된다. 뱁새는 새 중에 가장 작은 새인 것은 맞
지만 그 때문에 황새를 넘보면 안 된다는 논리의 근거는
무엇이란 말인가. 물론 차이는 있지만 "나는 뱁새다, 더
는 못 간다"라고 생각지 말라는 것이다. 그런 단정적
인 생각이 그대들의 창의력에 한계를 긋기 때문이다.

그리고 나는 강의 질서를 바꾸었다. 학생들에게 '나
쁘다' '좋다'의 변화를 스스로 정하되 사회질서는 감안
하라고. 저 하늘은 막힘이 없다. 뻗어 보라. 그렇게 가능
성의 열쇠를 학생마다 비밀처럼 소유하라고 말했다.

경영학의 서비스 법칙에는 80대 20이라는 법칙이 있다. 오래된 법칙이지만 지금도 통용된다. 백화점의 하루 매상의 80퍼센트는 그 백화점 손님의 20퍼센트에 불과한 단골 우수고객이 올린다. 그가 누구라도 이 20퍼센트에 들어가면 하루에도 절을 여러 번 받는 최고의 고객으로 우대받는다. 이를 거꾸로 따지면 나머지 80퍼센트의 손님이 20퍼센트의 매상을 올린다는 말이 된다. 이것을 80대 20 법칙이라고 한다. 백화점에서는 소수이지만 많은 매상을 올리는 20퍼센트의 우수고객에게 서비스를 집중한다. 그리고 사람 수는 많지만 이익을 적게 주는 다수의 고객에게는 서비스를 등한시한다. 대충 고개를 끄덕일 뿐이다. 이것이 바로 소수 고객에게 굽실거리고 다수 고객을 업신여기는 상굴하만이다.

80대 20 법칙은 소수의 우수고객을 등한시하라는 것이 아니라 미래의 번창과 밀접한 관계가 있는 80퍼센트의 고객을 집중적으로 서비스해야 기업이 번창한다는 말이다. 다시 말하면 소수의 우수고객에게 거만하라는 것은 아니지만 아래의 다수 고객에게 더 서비스를 집중하는 전략이 우수한 기업의 정신이라는 것이다. 다수의 80퍼센트 고객 중에서 새롭게 부자가 될 수도 있고, 그렇지 않다 하더라도 상대가 누구이든 꾸준하게 서비스하는 정신이 현시대에 맞는다는 뜻이다.

나는 그대들이 사람을 대하는 것도 그렇다고 생각한다. 전략적인 사람이 있다. 어떤 사람과 친해 두면 이익이 발생한다는 것을 알고 그 사람 앞에서 미소를 띄우고 희생을 하지만, 별 볼 일 없다고 믿는 사람에게는 냉대하고 피하고 무시하는 얼굴 표정을 한다면 어떨까. 어쩌면 그 별 볼 일 없는 사람 속에 진실로 그대의 미래에 이익을 주는 보석이 끼여 있을 수도 있다.

그러므로 오고 가는 많은 사람들에게 진심을 보이고 성심을 느끼게 하는 일이야말로 높은 나무이며 오르지 못할 나무를 사라지게 하는 일이 아닐까. 나의 친절로써 생의 빌딩 바닥을 먼저 이루어 놓을 수 있는 전략. 그리고 최선의 성실과 믿음을 쌓아 두는 기쁨. 그것이 삶을 살아가는 가장 아름답고 정직한 모습일 것이다.

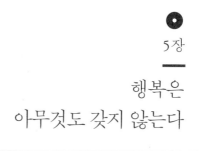

5장
—

행복은
아무것도 갖지 않는다

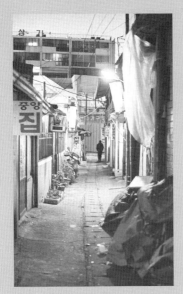

가을, 집으로 가는 길

홀로 잔인하게
버려라

어느 여론 조사 기관에서 일반 국민들을 대상으로 '돈은 어느 정도 있으면 좋겠느냐'는 설문을 조사한 결과 '지금보다 더'라는 대답이 압도적으로 많았다고 한다. 그런 질문을 받았다면 아마 나도 그렇게 대답했을 것이다.

소유에 대한 욕심은 결코 채워지는 법이 없다. 언제나 거기서 '조금 더'를 원하는 것이 일반적이기 때문이다. '여기서 조금만 더'라는 것은 사실 영원히 '더욱더'를 원하는 것이나 다름없다. 아마도 부모님께 용돈을 받는 젊은이들도 다를 게 없을 것이다. 언젠가 학생들에게 용돈은 적당하냐고 물었던 적이 있다. '조금 부족하다'와 '아주 부족하다'는 학생들도 있었지만, 대부분은 '지금보다 더'였다. 이런 것을 현실적 부족 상태라고 말할 수 있는데 과연 이 현실적 부족감의 문제가 해결될 수 있을 것인지 생각해 보면, 아마도 그것은 어려운 일이지 않을까 싶다.

나도 그렇다. 나는 너무 부족하고 더 가져야 할 것들이 많다고 생각한다. 상대적인 것은 아니다. 누구와 비교해서가 아니라 나 자신의 냉정한 판단에서도 '부족'이란 글자가 마지막에 남을 것이다. 지혜나 인간적이라든가 희생이라든가 하는 인간의 필수적인 기본 정서를 제외하고 순수한 욕망 면에서도 나는 갖지 못한 것이 많다고 느끼는 경우가 있다. 그런데 내가 그런 말을 하면 펄쩍 뛰는 사람이 있다. 마치 욕심이 많으면 벌을 받는다는 표정으로 '거기서 더?'라고 말하면 나는 갑자기 나쁜 사람에 욕심 가득한 사람이 된다.

그냥 모든 것을 우리는 그렇게 부른다. '조금 더' 그러면 또 그렇게 알아듣는다. 반드시 욕심쟁이어서가 아니다. 자기 나름으로 깨닫는 부족과 소망이 존재하는 것 아닌가. 그러나 노력한 만큼 가진 사람도 욕심쟁이로 몰면 안 된다. 기부금에 따라 그 사람의 심성을 평가하는 것도 곤란하다. 자기의 상황과 형편이 기준이 되어야 하기 때문이다. 그 이후는 순전히 자기 몫이다.

지금은 돌아가셨지만, 어느 소설가는 내게 이야기했다. 우리나라에 양주라는 것이 들어올 무렵 우연히 양주한 병을 갖게 되었다. 너무 신나서 친구들과 그 술을 마셨다. 즐거웠고 행복했다. 두 번째 양주가 선물로 왔을 때도 친구를 불러 모았다. 행복했다. 아마도 한 2년쯤은 양주 파티를 한 것 같다. 그래도 양주는 몇 병씩 쌓여 갔다. 어느 날 그 양주를 헤아려 보니 서른두 병이나 되었다. 하지만 그때는 다시 친구를 불러야겠다는 생각이 더는 들지 않았다. 아, 열여덟 병만 더 있으면 쉰 병이 되겠구나, 하고 생각했다는 것이다. 그리고 100병, 200병 양주는 거실의 벽을 둘렀다. 그리고 그 소설가는 내게 말했다.

"이젠 양주가 몇 병인지도 모르고 창고에까지 가득 있지. 그러나 외국에 가는 후배에게 술의 이름을 적어

주며 사 오라는 말은 해도 친구를 불러 나누지는 않는다
네."

소유는 결코 배가 부르지 않는다는 말을 이 이야기로
대신한 것이다. 창고까지 가득한 양주를 뭐하겠는가. 그
러니까 나누지 못하는 빈곤의식만 채워 놓게 되는 게 소
유욕이란 것이다.

그럴 것이다. 누가 말한 무소유도 소유가 아니던가.
'이만하면 됐다'라고 소유의 종지부를 찍는 사람을 본
적이 없다. 그래서 몸에 걸친 옷과 수건 두어 장이 전부
인 수녀님을 멀고 먼 동경의 대상으로 바라보는 것이다.

최근 나는 이사를 했다. 이사 가기 전, 생각만 해도 아
찔했다. 책이며 가진 물건들이 먼저 머리를 아프게 했
다. 남에게는 별것 아닌 물건들이라도 내게는 다 이유
있는 물건들이었으므로 가볍게 처리하는 일은 왠지 마
음이 아렸다.

물건도 인연이어서 외국의 거리를 걷다 눈에 띈 촛대
라든가 장식품들을 무슨 전생의 연처럼 데리고 집에 왔
던 환희를 나는 기억하고 있어서 쉽게 내던지지는 못할

것 같았다. 이사에 앞서 묵은 짐을 정리하기로 마음먹으면서 갈등과 괴리 속에서 내내 괴로웠다. 이젠 모든 짐에서 나를 해방시키고 간단하고 작게 그리고 편안하게 살아 보자고 생각한 것이다. 그래서 쓰레기통이 아니라 필요한 곳으로 보내는 작업을 하고, 반드시 꼭 필요한 것들만 가지고 살아 보기로 마음먹었을 땐 사실 흐뭇하고 즐거웠다.

그런데 그것이 왜 그렇게 어려운 것이었을까. 나는 경계 앞에 섰다. 그리고 나를 본다. 냉철한 이성은 오간 데가 없고 버릴까 말까? 줄까 말까? 이 경계 앞에서 나는 적어도 두 달 동안 전전긍긍하면서 처음 내 뜻으로 돌아가려는 싸움을 했었다. 왜 사람은 필요치도 않은 물건을 껴안고 사는가. 무엇이 어디에 있는지도 모르는 상황에서 10년도 20년도 가기 쉽다. 그리고 결국은 죽어서야 자녀들이 몽땅 폐기 처분하게 되는 경우가 많다. 그래서 나는 살아서 소중한 기억과 추억들을 어딘가 의미 있는 곳으로 떠나보내는 것을 꿈꾸었던 것이다.

젊고 가난했던 시절, 어느 선생님의 부군이 돌아가신 후 그 유품 정리를 도왔던 적이 있었다. 그 유품들을 보

면서 나는 깜짝 놀랐다. 이렇게 비싸고 좋은 물건들을
두고 어떻게 죽었을까 내심 마음이 흔들렸다. 선생님이
"너 하나 가지렴" 했을 때는 가슴이 쿵 하고 내려앉았
다.

몽블랑 만년필을 가지면 좋겠지만, 그때는 이상하게
마음이 푹 꺼지는 듯했다. 죽은 사람의 물건을 가지면
죽는 게 아닌가 하는 생각이 들었다. '아, 사람이 죽으면
물건도 죽는구나!' 나는 그때 알았지만 오래 실천하지
못했다.

말로는 '줄인다' '나눈다' 했지만 나는 그렇게 하지
못했다. 그러다 어느 날 내가 죽으면 이걸 다 뭘 하겠는
가 하는 생각이 뇌리를 스쳤다. 비싼 물건이란 하나도
없다. 그러나 모두 이유 있는 물건들이었다. 내 이름을
정성스럽게 적어서 보내 준 귀한 시집, 평론집, 소설집
들. 그리고 내가 사랑하고 아끼던 아기자기한 물건들.
돈으로 환산하면 몇 만 원도 안 되는 것들이지만 내게는
100평의 땅보다 귀한 것들이다.

시인들의 글씨들도 그 한 가지다. 그러니 그런 것들을
버리고 나누고 보내기를 하는 두 달 동안 나는 섬리적으

211

로나 육체적으로 앓고 또 앓았다. 그런 나를 보면서 건강을 걱정하는 사람들이 있었고 검진을 받아야 한다는 사람도 늘어났다. 사실 나도 불안했었다.

나는 열 평쯤 되는 작은 한옥에서 살고 있다. 그렇게도 많이 버리고 보냈는데도 집에는 여전히 무언가로 가득하다. 집이 작아서 그런가? 아니면 아직도 뭔가를 더 비워 내야 하는 걸까. 작은 돌 하나를 가지고 생각한다. 이 작은 돌 하나, 어깨에 걸친 조끼 하나를 가지고도 골백번 줄까 말까를 고민했던 나의 소유욕과 이기심은 내 작은 집까지 따라왔다. 누가 말했다. 3년을 사용하지 않은 물건은 가차 없이 버리라고. 그러나 내게는 10년 묵은 살림도 적지 않다. 버리는 것에는 너무나 많은 의지가 필요하다. 오죽하면 나는 잘 버리는 사람이 잘 산다는 책도 읽었다.

책의 내용을 한마디로 정리하면 '홀로 잔인하게 버려라' 하는 것이다. 그것이 핵심이었다. 둘이서 버리는 작업을 하면 실패한다는 것이다. "왜 이걸 버려?"라고 하면 누구라도 버리기 쉽지 않다는 것. 옷걸이도 장롱 속

도 헐렁한 만큼 복이 들어온다고도 했다.

나는 그 책을 읽고 조금 독해지기도 했지만 결국 나의 본성으로 돌아오고 말았다. 많이도 이별했지만 이 작은 집에 가져온 몇 가지 물건들은 과연 꼭 필요한 것들인지 나는 생각한다. "그래, 이것도 반드시 내가 지녀야 할 것은 아닌지도 몰라." 그러면서 작은 조각 하나, 이스라엘에서 사 온 두 개의 촛대, 그리고 아직 사용하지 않고 언젠가 가득 채우리라는 생각을 하는 예쁜 공책들, 십자가, 성모님, 성경책을 만지작거리며 내가 눈감을 때 함께 가야 할 것들인가 하고 나를 바라보게 된다.

아직은 작은 집이 불편하고 몸에 딱 붙지 않지만 서로 잘 사귀면서 정을 붙이려 한다. 나는 마음을 비웠어. 나는 헐렁하게 살 거야. 말은 그렇게 했는데도 마음은 언제나 경계에서 괴로워하는 나를 다스려야 한다.

아침 햇살이 한지 창문으로 들어와 부드럽게 날 깨우면 나는 안녕 하고 인사를 한다. 괴로울 것도 없었다. 물건들, 그게 무엇이었겠는가. 사라진 것들은 그립지 않다. 아깝지도 않다. 지금 그리운 것은 내 앞에 있는 열 평의 집이고 나와 함께 사는 몇 가지 물건들이다. 물을 마시고 간단한 식사를 하는 식탁이 그저 고맙다. 그러니 괴로워할 것이 없었다. 생각해 보면 내가 꼭 버려야 할 물건은 내 이기심과 소유욕이었다.

그러나 내가 그렇게 빨리 마음을 비우는 사람이겠는가. 내가 마음을 비웠다고 조오현 무산 설악 스님에게 말씀드렸더니 '공일당'이라는 당호를 지어 주셨다.

"마음을 비운다며……."

그래서 그렇게 지으셨다는 말씀 끝에 나의 이기심이 발딱 숨을 쉬며 급하게 일어섰다. '다 비우면 안 되는데' 하는 두려움이 불쑥 솟았다. 내 대답이 걸작이었다.

"스님, 다 비우면 다시 가득 차겠죠?"

날 쳐다보시는 스님의 얼굴이 복잡했다.

공일당에 닿으려면 나는 아직 멀었다. 스님의 공심에 가까이 가기도 나는 멀었다. 그렇다, 나는 이런 사람이다.

가을, 물음의 계단을 따라서

실패하는
용기

　어느 노벨 물리학상을 받은 사람이 "한국 사람은 모든 것에 뛰어난데 왜 상을 받지 못할까?"라는 질문을 던졌고 그 대답에 나는 동의했다.

　"한국에는 질문이 없어요"

　핵심을 찌른 느낌이 들어 갑자기 나는 그 사람에게 미친 듯 질문하고 싶었다.

　"당신은 한국의 절반이라도 알고 계신가요?"

　그러나 곧 마음이 약해진 나는 그 질문을 마음속 안으로 끌어들이고 말았다.

　그의 말을 인정하려니 마음이 괴롭고, 인정 안 하려니

현실이 거울처럼 명백하게 나를 투시하고 있었다.

교수시절 나는 그 누구보다 꼭 필요한 강의를 하겠다는 의지가 있었고 열정 또한 강렬했다. 학생들의 마음을 끌어내어 그들의 생각을 새로운 창의력으로 부활하도록 만들고 싶었다.

나는 늘 뜨거웠고 학생들은 무미건조했다. 열정만을 앞세운 나머지 그들의 마음으로 들어가지 못했던 것이다. 소리는 있었지만 감동이 없었다. 균형이 맞지 않았던 것이다. 아니 너무 시끄러웠던 것인지 모른다. 학생들이 마음 안에서 질문을 품고 그 질문이 터져 나올 것 같을 때, 나는 너무 요란하게 설명하고, 강조하고, 외쳤는지 모른다. 그들은 듣고, 듣고, 다시 듣고 그러다 지쳤는지 모른다. 마음 안에서 질문이 터져 나오려는 찰나에 아무것도 생각하고 싶지 않고 묻기도 싫었는지 모른다. 모든 강의는 강제성이 있으면 실패한다. 나는 그것을 놓쳤던 것이다. 나는 그들의 시간이, 젊음이, 나른함이 안타까워서 나 혼자 떠들고 소리쳤는지 모른다.

그래, 그렇다면 질문은 무엇인가? 그것은 생각이다. 우리가 흔히 핵심을 잡지 못하는 사람에게 "저 사람은 생각이 없는 사람이다"라는 말을 한다. 그 생각은 바로 그 사람이다. 생각이 있는 사람, 그 사람이 되기 위해 인간에겐 교육이라는 것이 있고, 책이라는 것이 있고 그리고 사랑이라는 것이 있다.

생각의 피부는 간지럽다. 그래서 긁어야한다. 박박 긁는 것, 끝가지 알고 싶은 것, 그것이 질문이다. 알고 깨우치는 것은 뾰족하다. 베일 수도 있다. 파편이 튈 수도 있다. 상처가 생길 수도 있다. 피를 볼 수도 있다.

그러나 알아야 한다. 그 질문이 알고자 하는 깨우치고 자 하는 열정이 성실하기만 하다면 그 상처의 복원력은 뛰어나고 복원 이후에 그는 눈에 띄게 성장하고 있다는 것을 알 수 있다. 바로 그것이다. 생각의 심장은 뛰기만 해서 되는 일이 아니라 그 뒤는 심장의 실체에 대해 의 문을 갖고 질문해야 하는 것이다. 생각이야말로 성장 에 너지다.

나의 생각을 가진다는 것, 그것이 나 자신을 갖는 일 이고 나를 실현하는 일이고 그것이 인간의 성장 에너지 로 폭발하는 것이다. 생각은 모든 창조적인 물질 가운 데 가장 힘이 세다. 교육도 나이도 경험도 사랑도 사회 성도 모두 생각을 키우는 모성으로서의 역할을 담당하 고 있다.

생각이 없으면 성장이 없다. 왜 생각이 존재하는가? 호기심이다. 알고자 하는 호기심이 의문이 결국 생각을 만들어 내는 것이다. 그러나 다시 말하지만 그 생각을 키우는 과정은 늘 타향이나 외지처럼 바람이 분다. 편편 하게 늘 안녕만 하다면 성장은 퇴보할 수밖에 없다.

생각이 존재하지 않으면 질문은 영원히 없다. 그것은

백치 상태다. 듣는 대로 말하는 대로 시키는 대로 하는 마네킹이라는 점이다.

질문은 계단이다. 질문하지 않고서는 의문을 품지 않고서는 그 질문을 따라 답이 아닌 곳까지 가서 돌아올 수 있어야, 옳은 답을 가질 수 있다. 이 세상에 없는 답을 갖고 싶으면 우선 이 세상의 질문을 다 알아야한다. 첫 계단에서 아리송하면 열 계단을 더 올라가고 그러고도 아리송하면 천 계단을 오르고 그러고도 아리송하면 그곳에서 내려오지 말고 비를 맞아라. 폭풍을 다 맞으면 그때 답이 거기 없다는 것을 알지 모른다. 그런 과정이 결국 답을 만들어 가는 것이 아닐까. 기다림에 대해 결코 억울해 하지 말고 실제로 자신의 발로 계단을 올랐다는 사실은 이미 그 답에 대한 주인공이 되는 것이 아닌가.

사실 젊음이란 그런 것이 아닌가. 무모하게 가보는 것, 그거 말이다. 언제 그렇게 할 시간이 앞으로 있겠는가. 한번 끝까지 가보려는 젊음의 정신을 통해 소중한 삶을 얻는 이치는 생각하고 질문하는 과정을 통해 갖게 되는 것이다.

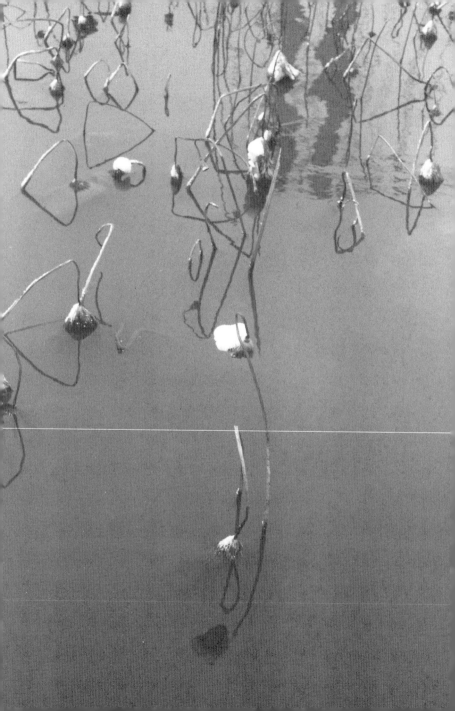

스페인 바르셀로나에서는 매해 실패 컨퍼런스Fail conference가 열린다. 바로 '패일컨'Failcon이다. 미국 싱가포르 일본 호주 등에서도 매년 이 패일컨이 열린다. 내가 어릴 때 들은 '실패는 성공의 어머니'라는 말은 너무 상식적이다. 여기에서는 실패를 이야기하지만 재도전 컨퍼런스라고 생각하면 된다.

실패를 인정하고 공유하면서 시행착오와 혁신의 새로운 기반을 만들어 가는 일이다. 재미있는 것은 "이 달의 창의적인 실패상"이 있다. 누가 실패하지 않고 성공하려고 하는가. 실패를 반전의 계기로 삼는 사람들은 모두 열정적인 "질문자"들이다.

다시 말하면 "생각"이 있는 사람, 살아있는 생각이 있는 사람들이다.

끝없이 묻고 끝없이 답한다. 그러면 길이 보이는 것이다. 삶이 그러하지 않은가. 거친 산길도 사람이 계속 오르면 길이 생긴다. 삶의 길도 이렇다. 만들어 놓은 길에 새로운 무늬를 만들어가야 한다.

"여기서 또 다른 것은 없겠는가?"

끝없이 자신에게서 다른 이에게 질문하는 일이야말

로 발전이다. 그렇게 살고 싶지 않은가?

　다른 것과 새로운 것을 만들어 내는 중요한 요소는 동행자와 책이라고 생각한다. 동행자와 책은 바로 우리에게 선물을 주지 않는다. 오히려 고민만을 줄 분이다. 책은 보약과 같아서 빨리 효과가 나지 않는다. 서서히 슬금슬금 내 안에서 여러 모습으로 돌출되어 나온다.

　"이것이다. 이건 아니다"라는 선택이 일어나게 되는 것이다. 그 방향이 곧 생각이고 선물이다. 동행자를 보라. 자주 만나는 사람 그리고 같이 사는 가족들과의 문제도 흐름의 문제가 무엇인지 금방은 알지 못해도 시간이 흐르면 알 수 있다. 싫은 것 속에 실로 큰 축복이 있다는 것을 알게 되는 것이다.

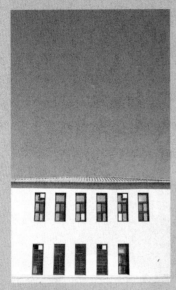

여름, 어떤 하루

행복을 이끄는 힘

첫날, 첫눈, 첫 약속

당신을 첫날을 어떻게 보내셨나요? 마음의 세배를 올립니다. 모든 분들의 건강과 가정의 행복을 빕니다. 어느 해보다 더 간곡히 세배를 올립니다. 그만큼 작년은 어려웠고 어수선했으며, 국가와 사회가 좌초할 뻔했던 무거운 한 해였습니다. 희망을 말하기조차 아슬아슬한 시간들을 보내오면서 한 해의 매듭에 올라섰습니다. 정말 잘했습니다. 누구 하나가 아니라 우리 모두가 위태로운 나라와 사회를 끌고 여기까지 왔다고 생각합니다. 침묵하고 조신하게 있었던 사람도 잘했습니다. 저항하고 의문하며 부당함을 외친 사람도 잘했습니다. 존재도 선명하지 않던 배경처럼 지나가는 행인도 다 잘했습니다. 우리나라가 여기까지 온 것은 어느 한 사람 때문이 아니라는 걸 새삼 느낍니다. 새해에도 '우리'는 그렇게 조금씩 모두 자신의 역할을 맡으며 나아갈 것입니다. 그 역할에 진심을 더하고, 희망을 뿌리박기 위해 집 짓기 하듯 땅을 파며 시작해야겠지요.

1월 1일, 새해 첫날. 첫 움직임은 무엇이었을까요. 생각이 먼저일까요, 행동이 먼저일까요, 아무 생각 없이 그냥 습관대로 움직였을까요. 대개 머릿속으로는 새해 첫날을 특별하게 생각하지만, 행동은 습관적으로 움직인다고 합니다. 새해 첫날의 하늘은 어떤지 의미 있게 바라보고, 여명 속에 나타나는 집들의 그림자나 동네의 무늬를 바라볼 수 있겠지만 그저 몸에 배인 행동을 한다는 것입니다.

몇몇은 잠에서 깨어났음에도 눈을 감은 채 오래오래 묵상에 잠기기도 할 것입니다. 새해 첫날 자신과의 약속을 하느라 모든 생각의 잔가지를 잘라내고 '오직 이것 하나만……'이라며 결의를 품는 시간을 보내다가 일어나는 사람도 있을 것입니다. 시간을 그냥 보낸 게 아닐 겁니다. 누워서도 걷거나 뛰었을 것입니다. 바로 일어나는 사람도 있겠지요. 창을 열고 닫고, 그리고 동네 한 바퀴를 도는 사람도 있겠고, 몇몇은 성당이나 교회를 가는 분들도 있습니다. 그곳에서 첫 마음으로 두 손을 모은 채 한 해의 약속을 다짐하고 소망을 기도하기도 할 것입니다. 또 사찰의 엄숙한 분위기에서 마음을 다지는 사람도 있을 테지요. 그런 분들이 많을 수도 있습니다. 인간의 힘만으로는 너무 벅차서 신의 도움을 청하며 자신의 생을 복스럽게 끌고 가려는 사람들의 진지한 기도가 변화를 가져오기도 할 것입니다.

그러나 몇몇은 아주 습관적으로 세수를 합니다. 평소와 다를 것 없어 보이지만 그 첫 세수는 말끔히 얼굴을 닦으며 모든 마음의 목욕을 하는 것이지요. 첫날은 왠지 그렇게 마음을 닦는 일로 출발할 것 같습니다.

그 뒤에 어떤 복잡한 문제가 부유물처럼 떠오르겠지만 일상은 늘 그렇게 미세먼지로 시작하는 것 아닙니까. 그 미세먼지 속에 빛이 들기도 하고, 사람의 움직임에 따라 자리를 이동하면서 그렇게 우리들의 일상은 새해

229

라는 깨끗한 이름으로 다시 시작하게 되는 것입니다.

첫날, 가장 마음에 와 닿는 것은 바로 이 말입니다.
'첫'이라는 긴장감은 우리를 젊은 시간으로 데리고 갑니다. 아마 '첫'이라는 말속에는 푸른 여운이 감돌기 때문이겠지요. 건강하고 불그레한 소녀의 볼 같은 싱싱한 시간으로 데리고 가는 기적은 우리에게 적지 않은 변화를 가져다 줍니다.

첫날, 첫눈, 첫 만남이 반드시 소설 같을 필요는 없습니다. 새로운 다짐에는 으레 섞여 있을 법한 억지도 좀 묻어나는 것이 자연스럽겠지요. 그 다짐을 지킬 수 있기를 바라면서 말입니다. 첫날의 약속은 늘 조금은 과장이 있습니다. 행동은 생각보다 느리기 때문에 사실 이는 당연한 것인지도 모르지요. 우리의 행동은 그 과장된 생각을 밑돌며 약속의 언저리에서 합일점을 찾으려 합니다. 우리는 그것을 노력이라고 부릅니다. 약속의 지붕을 뚫고 올라설 수 없다 해도, 우리는 그 노력으로 성실을 인정받기도 합니다. 미숙한 노력일지라도 곧 약속에 닿을 수 있는 거대한 힘이 되는 것이니까요. 반드시 그 약속에는 어제를 이끌어가는 손아귀의 힘이 필요할 것이고,

우리에게는 어제와는 조금 다르거나 전혀 다른 새로운 약속이 필요합니다.

생각건대 늘 구시렁거리며 말이 많았습니다. 안 된다고, 왜 안 되느냐고, 하면서 말입니다. 마치 안 되는 일이 모조리 남의 탓인 것처럼 말입니다. 정말 남의 탓인지, 혹여 나의 탓은 없는지 되짚으며 생의 새로운 개선안을 제시해야 할 때라고 생각합니다. 나이는 아무 문제가 되지 않습니다. 지금처럼 투정만 부리며 살 것인지, 아니면 변화를 일으켜 새로운 나로 거듭날 것인지는 스스로에게 달려 있습니다. 새해 첫날은 머릿속의 잡다한 생각을 정리하는 것으로부터 출발해야 합니다.

버릴 것은 과감히 버리고, 가질 것은 제대로 가지며, 조금 애착이 가더라도 약속에 위배되면 단초에 베어버릴 수 있는 용기도 필요하겠지요. 어제와 같은 환경에서 같은 일을 하더라도, 오늘 생각을 바꾸고 무엇을 핵심으로 삼아 힘을 기울일지 판단한다면 그것이 곧 개선안이 되지 않겠습니까. 아주 소소한 일부터 완벽을 기하는 것을 시작으로 자기 점검을 하면서 말입니다. 생각은 반드시 행동으로 나타나는 진실게임이니까요.

231

'지금 이루어지고 있는 중이다.'

어제와 오늘의 변화는 알아내기 힘듭니다. 그러나 오늘과 일 년 후의 변화는 금방 알아볼 수 있습니다. 가끔 어제와 오늘을 두고 변하지 않는다며 낙담하는 사람을 봅니다. 만약 오늘 약속의 한 가닥을 지켰다면 그것은 지금 진행 중입니다. 그 한 가닥의 약속 줄기를 지키거나 지키는 데서 오는 어려움을 견뎠다면, 지금 당장 효력이 발생하지 않는다 하더라도 그것은 지금 잘 이루어지고 있는 중입니다.

현재 영국에서 거주하는, 우리나라에서도 꽤 대접받는 교수 한 명을 압니다. 그 교수가 말하길 한국에 올 때마다 늘 발전하는 모습이 보이는데 한 가지 수수께끼는, 한국 사람들이 모두 불행해 보인다는 것입니다. 한국에 살고 있는 나는 부정하고 싶습니다. 왜인지 모르지만 먼저 부정부터 하고 싶습니다. 속마음을 들킨 것 같다고나 할까요. 뉴질랜드로 열 살 때 이민을 간 조카가 스무 살이 돼서 한국에 돌아온 후 첫마디가 그랬습니다.

"한국 사람들은 다 화가 나 있어요. 어깨를 툭툭 치고 가면서 사과도 안 해요. 미안함 섞인 미소조차 비치지

233

않아요. 유쾌한 사람이 없어요. 모두 무표정해요."

그 말이 그 말입니다. 모두 불행해 보인다는 것입니다. 하지만 그렇지는 않습니다. 너무 진지하게 행복하므로 표현방법이 무거웠을 수도 있습니다. 아닙니다. 사실은 행복하지 않습니다. '행복'이란 '모두 이루어진 상태'라고 생각하기 때문이지요. 결과에만 의지하고 과정은 아예 행복의 범위 안에 끼워주질 않는 겁니다. 즉, 행복이라는 단어에 대해 아직 잘 이해하지 못하고 있는 것과 부족한 표현방법이 문제라고 생각합니다.

'행복은 완성품이 아니다.' 나는 이것을 강조하는 사람입니다. 행복은 내가 인정하는 순간에 발휘되는 감성 호르몬입니다. 이는 대부분 잘 알고 있는 사실이지만, 우리나라 사람들은 '나는 행복하다'를 받아들이는 데 문제가 있습니다. 인정은 하지만 설명이 너무 깁니다. 그러면 '행복하지 않습니다'로 해석되기 마련입니다.

국어사전에는 '행복'을 '모든 것에 만족하고 흐뭇한 상태'라 정의하고 있습니다. 그렇습니다. 한순간은 그럴 수 있습니다. 그러나 어떻게 모든 것에 만족하고 흐뭇한 상태가 지속될 수 있겠는지요. 그것은 거의 불가능합

신달자 감성 포토 에세이

234

니다. 대개는 결과에 주목합니다. 그러면 행복할 사람이
어디에 있을까요. 인생의 결론은 죽음입니다. 죽음을 행
복하게 받아들이는 사람이 몇이나 될까요. 모든 젊은이
들은 불안합니다. 언제, 어디에 취직하고, 결혼을 하고,
내 집 마련을 하고…… 미래에 대한 설계가 고통으로만
지속되면 누가 행복한 얼굴을 하겠습니까. 취직한 사람
이라고 한들 다르지 않을 겁니다. 월급은 언제 오르나,
승진은 언제하나, 부족한 용돈은 언제 넉넉해지나……
이런 것만 생각하는데 웃음이 절로 나올까요. 외국에서
오는 사람들은 그런 얼굴들을 봅니다. 결핍에서 헤엄치
는 한국인들을 불행하다고 말합니다. 그것은 한국인의
진정한 내면을 제대로 못 보는 데서 오는 오해이지요.
마음에는 있지만 내성적이어서 말로는 표현 못하는, 그
런 내면갈등을 그들은 볼 수 없을 겁니다. 마음에만 있
는 것, 그것은 없는 거나 마찬가지라고 믿는 외국인들에
겐 말이죠.

한국인들의 불안은 늘 높은 온도를 유지합니다. 미래
가 불투명하다고, 내가 할 일이 없다고, 남들은 다 잘되
고 있는데 나만 그렇지 않다며 불안해합니다. 불안은 불

행을 가져옵니다. 그러나 불안은 행복을 창조할 수도 있습니다. 나는 처음 교수로 임명받은 학교의 교수실에 이런 종이 하나를 벽에 붙여놓았습니다. 참 어려운 시절이었지요.

"행복이란 자신의 현실을 껴안을 때 가능하다"
견디고 버티고 찾았다, 그러므로 올해는 가장 복된 해로 기억되리라

혹 카페에서 글을 써보셨는지요? 업무를 보거나 인터넷게임을 해보신 적이 있으신가요? 아니, 늘 그곳에서 일을 하는 분이 있습니까? 나는 카페에서 한 자리를 차지해 노트북을 앞에 놓고 무엇인가에 열중하고 있는 사람들을 의심했어요. 자주 보는 풍경이지만, 동네의 크고 작은 찻집에서 서류며 책을 잔뜩 쌓아놓고 일하는 사람들을 보면서 풍경으로 존재하는 사람들이라고 단정하기도 했습니다. 그것은 단연 소음 때문이지요. 들락거리는 사람들도 문제지만, 가장 어려운 것은 온갖 소음이 가득한 카페의 공간은 저 같은 사람에겐 거의 죽음이지

요. 저는 적막에 가까운 상태에서 글을 씁니다. 그래야 감성이 안정을 찾고, 생각이 언어화됩니다. 그런데 어느 방송의 대담에선 전혀 다른 이야기를 합니다. 카페의 소음 즉, 찻잔 부딪히는 소리, 문 열리는 소리, 사람들의 말소리 등 소리가 잘 뭉쳐서 들리는 소리를 '백색소음'이라고 하는데, 이 백색소음이 가장 높은 집중력을 발휘하게 한다는 결과가 나왔다는 겁니다. 카페에서 노트북을 앞에 놓고 일하는 사람들은 풍경이 아니라 진정으로 활동 중이었다는 이야기입니다. 저로서는 놀라운 일입니다. 과도한 소음, 백색소음, 적막소음 중 백색소음에서

가장 집중할 수 있다는 것은 사실 지금도 믿기 어렵지만, 내 나름으로 생각해보자면 이렇습니다. 깊은 적막을 요구하는 글쓰기나 일이 소음 속에서 충실해진다는 것은, 아마도 깊은 외로움을 절충하느라 소음을 요구하는 것은 아닐까 싶습니다. 적막은 공포를 유발하기도 해서 그 공포심을 끌어안고 일할 수가 없는 것은 아닐까, 옆에 사람이 있거나 소리가 뭉쳐 있는 것을 완만하게 받아들이는 것이 곧 집중력이 아닐까 생각합니다.

교황님도 인간의 원고독에 대해 말씀하신 바 있습니다. 원죄처럼 원고독이 있다는 것인데요. 바로 이런 원

초적인 불안이 백색소음과 잘 절충하는 원만함을 가지는 것이라고도 이해를 구해봅니다.

온갖 사람들의 이야기 소리, 기계 소리, 자연 소리 등 세상의 모든 소리를 하나의 목걸이로 엮는 일이 문학이지 않겠습니까. 소설이나 시가 된 그 문학을 사람들의 마음에 걸어두어 안식을 찾거나 상상의 길을 찾아나서는 데 도움이 됐으면 합니다. 그래서 새로운 자기 자신을 찾는 행복의 시작이 될 수 있기를 바라고 싶네요.

새해엔 이렇게 새로운 자기 마음의 소리를 들으며 행복할 수 있는 제2의 유전자를 내면에서 캐낼 수 있기를. 그리하여 그것을 다듬고 또 다듬어 빛나는 결의로, 그리고 결과로 탈바꿈할 수 있기를 바랍니다.

견디고 버티고 찾아내는 우리의 활동이 올해를 밝히는 광명이 될 것입니다. 저기 카페에 그대가 앉아 일에 열중하는 모습을 보며 내가 행복해하고, 나의 커피잔이 달그락거리는 소리가 그대의 집중을 가능케 하는 그 백색소음 속에 섞여 있다는 것을 알아주기를. 그러므로 모든 집중은 상생이라는 이름으로 이루어지고 있음을 이해하고 느끼기를.

사람들과 가까이 있고 싶었다.
하나의 이야기가 담기길 원했다.
많이 걸었고 오래 기다렸다.
사람들 속에서 정지한 풍경처럼
서 있있다.

photo _ 최세운

신달자
감성 포토
에세이

1판 1쇄 인쇄 | 2015년 12월 14일
1판 1쇄 발행 | 2015년 12월 21일

지은이 | 신달자
사 진 | 최세운
펴낸이 | 임홍빈
펴낸곳 | (주)문학사상
주소 | 서울특별시 송파구 중대로 38길 17 (05720)
등록 | 1973년 3월 21일 제1-137호
전화 | 02)3401-8540
팩스 | 02)3401-8741
홈페이지 | www.munsa.co.kr
이메일 | munsa@munsa.co.kr

ISBN 978-89-7012-943-3　03810
이 도서의 국립중앙도서관 출판예정도서목록(CIP)은 서지정보유통지원시스템 홈페이지
(http://seoji.nl.go.kr)와 국가자료공동목록시스템(http://www.nl.go.kr/ kolisnet)에서
이용하실 수 있습니다. (CIP제어번호: 2015031059)